KB113453

敎神廳丁
報文陽淘

천미신교
낙양지부

천마신교 낙양지부 17

정보석 新무협 판타지 소설

초판 1쇄 찍은 날 § 2018년 9월 7일
초판 1쇄 펴낸 날 § 2018년 9월 14일

지은이 § 정보석
펴낸이 § 서경석

편집책임 § 이선근

펴낸곳 § 도서출판 청어람
등록번호 § 제387-1999-000006호
등록일자 § 1999. 5. 31
어람번호 § 제2-2753호

주소 § 경기도 부천시 부일로 483번길 40 서경B/D 3F (우) 14640
전화 § 032-656-4452 팩스 § 032-656-4453
http://www.chungeoram.com
E-mail § chungeorambook@daum.net

ISBN 979-11-316-91824-7 04810
ISBN 979-11-316-91369-3 (세트)

17

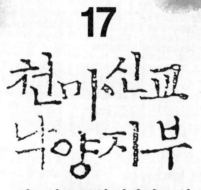

천미신교
낙양지부

정보석 新무협 판타지 소설

FANTASTIC ORIENTAL HEROES

神魔
天魔教
陶功文彩

도서출판 청람

轂
神文
慶陽
了淘

천미신교
낙양지부

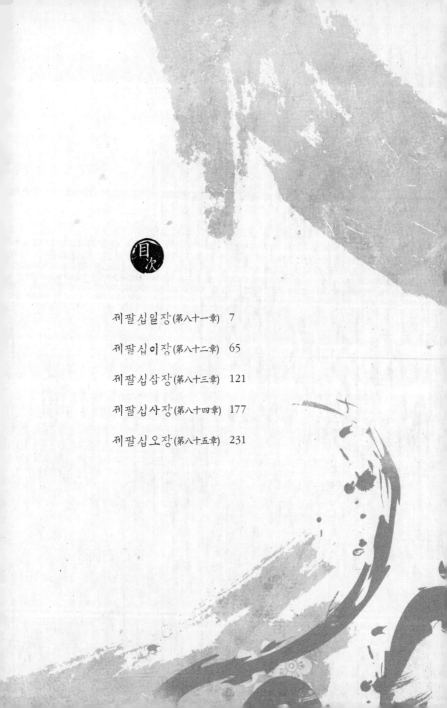

目次

제팔십일장(第八十一章)

큰 바위 위에 걸터앉은 용조는 말끔한 행색이었다. 단 하나 이상한 점이 있다면 머리에서 흘러내리는 선명한 핏줄기가 **뺨**을 타고 내려와, 턱에서 고여 작은 핏방울을 만들고 있었다는 것이다.

"싸웠나?"

용조는 턱을 벌렸다.

"기가 막히는군. 얼마나 연주에 심취했기에……. 아무리 살수 간의 싸움이었다고 하나 그걸 전혀 모르고 있었단 말이냐?"

"내 도움이 필요했으면 전음이라도 보내지. 그리고 또 싸움이 일단락된 후에도 내 연주를 안 멈췄잖아?"

"연주가 영 들어줄 수 없는 수준은 아니어서 그대로 됐다. 정말 천하태평이군, 용안의 주인."

"추격자는 어디 있지?"

"추격자? 아, 그 살수를 말하는 건가?"

"백도의 고수다. 설마 살수겠어."

"살수다. 그것도 꽤 괜찮은 수준의……. 역시 백도 놈이었나……. 어쩐지 검을 쓴다 했어."

"시체는?"

"강가 위 바위틈에서 화골산(化骨散)으로 녹였다. 이게 그놈의 유품이지."

용조는 옆에 있던 검을 들어 피월려에게 던졌다.

그것을 자세히 들여다본 피월려는 그것을 집어 들고 몇 번 휘둘렀다.

"무당파?"

피월려의 독백에 용조가 웃었다.

"무당파라니… 지나가는 개가 웃겠다."

"아니, 이 무게와 이 길이……. 무당파의 장식은 없지만 이건 무당파의 무공에 최적화된 검이야."

"설마, 무당파에서 살수라니. 말 같지도 않은 소리 마라."

"무공을 봤나? 어떤 무공을 썼지?"

"살수끼리의 싸움에 무슨 무공. 위치를 먼저 발각당하면 그걸로 끝이야."

"……"

용조는 자리에서 일어나 몸을 털며 말했다.

"애초에 여기서 연주를 하고 있었다는 게 너무 우습군. 무슨 생각인 것이냐?"

피월려는 어깨를 들썩였다.

"추격자가 나와 한패라고 네가 오해할 거라 생각했다. 그렇다고 내가 추격자의 존재를 아는 것을 추격자에게 알리고 싶지도 않았지. 그래서 연주한 것이다."

"그래서 연주했다? 이해가 가질 않는데?"

"내가 밖의 일을 모를 정도로 심취해 연주하고 있다면, 분명 함정이라고 네가 의심할 것이라 믿었다. 그리고 그렇게 의심한 넌 극도로 주변을 경계할 것이고. 숨은 추격자도 찾아낼 수 있으리라 믿었다. 또한 대화를 원하는 네가 무방비가 된 나를 보며 다짜고짜 공격하지도 않을 것이고."

그 말을 조용히 듣던 용조가 낮은 목소리로 말했다.

"용안의 성취가 극에 달하니, 이젠 능동적으로 미래까지 보는군."

"무슨 소릴. 그저 그리 예상한 것이다."

"그리고 그렇게 일이 흘렀지."

"……."

"용안은, 그 존재 자체로 예지력을 품고 있기에, 지극히 희미하고 수동적인 예지몽에서부터 출발하여 필연적이며 능동적인 예언에까지 이른다."

피월려는 고개를 저었다.

그가 가진 심안은 용안심공의 황홀경과 금강부동심법의 부동심을 합한 결과, 그것을 용안심공의 극의라 말하기 어려웠다.

"추측일 뿐이다."

"추측이 맞다면 예지와 뭐가 다르냐? 같은 말이지."

"어불성설. 이상한 소리는 그만하고, 본론으로 들어가."

용조는 그럴 생각이 없었다.

"번개라도 맞은 것처럼 번쩍하고 떠올라야만 예언이라 할 수 있느냐? 모든 가능성을 파악하고 계산하여 도출된 결과라고 예언이 아니라 할 수 있느냐? 이면은 현실에 녹아 있다, 용안의 주인이여. 그래서 이면(裏面)! 앞뒤는 붙어 있는 거다."

"……."

"연주를 하면, 내가 신경이 날카로워져서 적을 발견할 거다? 하하하. 세상에 그런 계획이 어디 있지? 하지만 넌 무수히 많은 미래 중 내가 오해하지 않는 미래를 찾아내 그대로 행했다."

피월려는 신경질적으로 외쳤다.

"엉뚱한 소리는 그만하고, 질문에나 대답해라. 스승님의 사문인 청룡궁은 뭐 하는 곳인가? 또한 용은 무엇이고?"

용조는 한쪽 입꼬리를 올리며 이죽거렸다.

"전에 그 질문에 모두 답한 것으로 알고 있는데?"

"오늘은 그렇게 회피하지 못할 것이다."

용조는 다른 쪽 입꼬리까지 올렸다.

"이거… 점점 막 나가시는군. 지금 네 생각만큼 일방적인 상황이 아니라는 걸 일깨워 줘야겠냐?"

"전과는 확실히 다르지. 전에는 강제로 알아낼 힘이 없었으니."

피월려는 태극지혈을 꺼냈다. 그 모습에 용조는 코웃음을 쳤다.

"절정이니 초절정이니 하는 인간의 기준에서 한 단계 올라섰다고 자신감에 넘치는구나. 그 기준은 인간이 인간을 상대로 할 때나 적용되는 것. 설마 내게도 통용될 거라 믿느냐? 배신자 놈도 그런 조급한 생각에 빠져 있다 죽음을 면치 못했지. 용으로 태어났으면서 현무에게 오염되어 용성(龍性)을 잃어버린 무지한 놈. 그와 똑같구나!"

피월려는 용조가 말한 배신자가 누군지 알고 있었다.

"역시 서화능은 네가 죽인 게로군……."

"어리석어, 역시 인간은 어리석어. 정의(定義)하지 못하면 이해하질 못하니……. 단계를 나누어 생각하질 않으면 안 되는 건가?"

"지마니 천마니 하는 모든 것이 그저 발경으로 인해 무공이 변화하며 생긴 것으로밖에 보이질 않는다. 무리 없이 검기를 쏘기 시작하니 그 아랫것들이 하찮아 보이고, 무리 없이 검강을 쏘기 시작하니 그 아랫것들이 하찮아 보여 나는 지마다, 나는 천마다, 이 지랄을 하는 게 아니냐? 크하하! 그렇게 보면 입신도 그저 반로환동을 하고 지랄하는 게지."

왜 하필 지금 가도무의 말이 떠오를까?

피월려는 자조적인 웃음을 도저히 멈출 수 없었다.

"하하하. 하늘의 복을 받아 재능이 넘치시는 개 같은 것들을 뛰어넘으려면 그렇게라도 해야지. 안 그런가?"

용조는 하늘을 향해 박장대소했다.

"큭큭큭, 크하하! 크하하하! 그래! 그게 인간이지! 역시 이렇게 될 줄 알았어! 내 흥미가 있어, 죽이진 않겠지만 전처럼 경어를 꼬박꼬박 쓰게는 만들어주마."

"말은 똑바로 해. 경어가 아니라 하오체였다."

피월려는 선공했다.

그것도 검강으로.

반월처럼 뿌려진 검강에 가득 담긴 빛은 사방으로 뿜어지는 것으로도 모자라서 그 정수(精髓)가 흘러넘쳐 땅에 질질 흐를 정도로 강렬했다.

어떤 검공의 도움도 없이 순수한 무형검으로 펼쳤기에 검기와 동일한 형태를 이루고 있었지만, 위력만큼은 어떤 검강에도 뒤지지 않았다.

쿵!

절대 사라질 것 같지 않던 그 검강은 용조가 왼손에 장착한 륜(輪)에 손쉽게 막혀 사방으로 비산했다. 용조는 충격에 조금 뒤로 물러나는 것 이외에 어떠한 손실도 없이 검강을 소멸시켜 버렸다.

이후 용조의 등 뒤에서 날개가 솟아나려 하자, 피월려는 눈을 감았다.

용조는 뱀의 것으로 변한 눈동자로 피월려를 노려보며 말했다.

"설마 처음부터 이럴 계획은 아니었겠지?"

피월려는 씹어뱉듯 말했다.

"말 같지도 않는 대답을 지껄이지만 않는다면 얼마든지 더 날려주지."

용조는 검과 륜을 들어 보이며 말했다.

"용은 거짓을 말하지 않는다. 내가 한 대답이 만족스럽지 못하다면 그건 네 문제다."

피월려는 으름장을 놓았다.

"다시 묻겠다! 청룡궁은 무슨 문파이지? 또한 용은 무엇이고? 스승님과의 관계는 무엇이고, 서화능은 왜 배신자인 것인가? 제대로 대답할 생각이 없다면, 생포하여 고문해서라도 알아낼 테니 그리 알아."

용조가 광소했다. 용의 모습을 덧입은 그의 웃음소리는 마음속 깊이 공포를 일으켰다.

"크하하하! 고문이 내게 통한다 보느냐?"

"해봐야 알지."

피월려의 살기를 몸소 느낀 용조는 한참 그를 노려보더니 말했다.

"중원인에게 이 세상 외의 것을 알려주는 데는 한계가 있다. 네가 스스로 깨닫고 알아야 한다. 내가 알려줄 수 있는 데까지 알려주지. 이면의 것을 거론하면 거론할수록 내 존재가 사방에 퍼져 내가 위험하다."

"뚱딴지같은 소리 그만하고 얘기나 시작해."

용조는 처음부터 말을 해주려고 마음을 먹었었다. 그가 원하는 것을 얻기 위해선 피월려도 어느 정도 알아야 하는 것이 있었기 때문이다.

그런데 피월려가 이토록 과민반응을 보이니, 먼저 피월려가 원하는 정보를 제공하지 않고는 아무것도 얻지 못할 것이라는 생각이 문득 들었다.

용조가 말을 시작하려 하자, 피월려는 태극지혈을 검집에 넣었다.

"중원이 외세의 침략을 받은 지가 얼마나 된 줄 아느냐?"

용조의 질문에 피월려가 잠시 생각했다.

"적어도 대운제국 때는 침략이 없었지."

"백성을 제대로 징병하지도 않고 어찌 그것이 가능할까?"

"……."

용조는 다른 것을 물었다.

"사방신(四方神)이 하는 일이 무엇인 줄 아느냐?"

"사방신? 네가 모시는 청룡을 포함한 사방신을 말하는 것인가?"

"그렇다. 청룡님을 포함한 주작, 현무, 백호. 이 신들께서 하는 일이 무엇인 줄 아느냐?"

"뭐지?"

"전쟁이다."

"뭐?"

"분쟁(分爭)이야말로 그 네 신의 본질이지. 이 네 신들의 분쟁으로 인해서 세상의 바퀴가 돌아가는 것이다. 하나 그 분쟁은 중원에 태어난 황룡 님으로 인해 멈춰졌다. 그렇게 황룡 님의 영향이 미치는 모든 곳은 전쟁으로부터 보호되어져 왔다."

"……."

"사방신 중 청룡궁만이 황룡 님의 결정을 성심성의껏 따랐다. 다른 사방신들은 그것에 복종하지 않았지. 이에 황룡 님은 벌을 내리셨다. 영생(永生)의 주작은 죽었고, 야생(野生)의 백호는 갇혔고, 공생(共生)의 현무는 나뉘어졌다."

무슨 말을 하는지 도통 이해할 수 없었지만, 피월려는 우선 용조의 이야기를 따라가려 애썼다. 그래야만 용조와 대화를 이어나갈 수 있었기 때문이다.

피월려가 물었다.

"분쟁이 본질이라면서 왜 청룡은 분쟁을 멈춘 황룡께 복종했나?"

"다른 사방신이 복종하지 않았으니까."

"무슨 말이지?"

"분쟁을 일으키기 위해선 의견이 달라야 하지 않겠나? 그러니 셋이서 황룡 님에게 복종하지 않았으니, 청룡궁까지 복종하지 않는다면 서로 간의 분쟁이 일어나지 않지."

"……."

"사방신의 본질이 분쟁이라는 것은 그런 것이다. 음양의 관계처럼 서로를 먹고 먹히는 관계에 있어야만 그 존재가 성립하는 것. 따라서 청룡궁은 황룡 님을 따른다."

피월려는 마치 미내로에게 마법에 관한 설명을 듣는 것 같은 기분이 들었다.

논리적이면서 비논리적이고 모순적이면서 모순적이지 않은…… 묘하다고 표현할 수밖에 없는 이야기.

피월려는 말했다.

"좋다. 청룡궁은 대충 알겠다. 그럼 용은 무엇인가?"

"청룡의 지체(肢體)다. 간단히 말하면 사람에겐 머리와 팔다리가 있듯, 청룡에겐 우리들 용이 있다. 우리는 각각 청룡의 지체이며 모두 모여 청룡 그 자체를 이룬다. 청룡의 이빨에서 태어난 존재이며, 우리의 모임인 청룡궁이 바로 청룡 그 자체가 된다."

피월려는 편하게 광신도 집단쯤으로 해석했다. 그가 더 물었다.

"그럼 스승님과 서화능은? 청룡궁과의 관계는 무엇이지?"

용조가 대답했다.

"둘 다 청룡궁의 용이었다. 네 스승이라는 조진소는 전에 말한 것처럼 십여 년 전, 용의 자격을 박탈당했다. 말했듯, 인간의 무공과 결합하여 용의 것을 인간에게 주려 했기 때문이다. 그건 네가 더 잘 알겠지."

용조의 말을 꽤나 들었더니, 피월려는 이제 그의 특이한 어투를 뇌가 알아서 해석해 주는 것 같은 느낌을 받았다.

"좋다. 스승님은 청룡궁의 무공을 밖으로 빼돌린 것이군."

"그것이 아니다. 용의 힘을 인간……."

피월려는 말을 잘랐다.

"알겠으니까, 서화능은 왜 배신자가 됐는지 그거나 설명해."

용조는 거만하게 웃었다.

"아니, 나는 어느 정도 설명을 했으니 이젠 네가 할 차례지."

피월려가 감은 눈을 찡그리며 말했다.

"네놈도 심검을 원하나?"

용조가 대답했다.

"설마 그런 조잡한 걸… 내가 알고 싶은 건, 그 이계(異界) 놈이다."

"이계 놈이 누구지?"

"그 간사한 이계 놈 말이다. 박! 소! 을!"

피월려는 눈썹을 모았다.

"아… 박씨가 오랑캐의 것이라 이계 놈이라 부르는군?"

"아니, 그 때문이 아니다."

"그럼?"

"말 그대로 이계 놈이기 때문이지. 네가 알고 있는 이계(裏界)와는 다른 세상이다."

피워려는 신경질적으로 말했다.

"무슨 소리를……. 알아듣게 설명해. 하나같이 속 시원하게 설명하는 사람이 없군!"

"좌도에서 입 밖으로 존재를 거론하는 건 정말 위험한 짓이다. 자기 스스로를 노출하는 것이지. 현실적인 공간의 개념과는 다른……."

피월려는 손을 내저으며 말했다.

"딴소리 말고 그냥 말해. 위험이든 뭐든 이젠 알아야겠다."

용조는 잠시 고민하더니 이내 털어놓듯 말했다.

"거리가 머니, 여기까지 한 번에 넘어오진 못하겠지……. 좋다, 말하마. 그놈은 다른 세상에서 넘어온 자다. 단순히 공간만 초월한 것이 아니라 심지어 시간을 넘어서……."

"뭐?"

그 순간이었다.

쿠구구구궁!

용조가 있던 그곳에서 시작된 폭발은 붉은 꽃이 피듯, 봉우리 지며 화염으로 순식간에 뒤덮였다.

그리고 곧 대기를 가득 메우는 연기가 화염을 대신해 가득 차올랐다.

삽시간에 생성된 불덩이는 그보다 더 빠른 속도로 세상에서 모습을 감췄다.

생긴 것도 자연적이지 않고 사라지는 것도 자연적이지 않은 그 일은 도대체 어떤 조화인지 피월려는 가늠조차 할 수 없었다.

다행히 거리가 있어 피월려는 피해를 입지 않았는데, 그 중심에 있었던 용조는 목숨을 잃어버리는 건 고사하고 그 시체조차 찾을 수 없을 것이 자명했다.

그러나 연기 속에서 용조의 모습이 드러나자 피월려는 도저히 믿을 수 없다는 듯 눈을 떴다.

자기도 모르게 심검을 풀고 육안으로 확인할 만큼 비정상적인 일이 일어난 것이다. 용조의 옷가지는 모두 불타 사라졌고, 그의 맨몸이 그곳에 우뚝 서 있었는데, 바닥까지 움푹 파인 그런 폭발에 상처 하나 없다는 사실에 피월려는 입을 다물지 못했다.

그가 들고 있던 검과 륜 또한 화염에 전혀 영향을 받지 않은 것 같았다.

그리고 느껴지는 기이한 기운.

피월려는 고개를 돌려 강가를 보았다.

아니, 정확하게는 강 위로 반 장 정도 높이에 동동 떠 있는 여인이었다.

금색의 천을 연상케 하는 머리카락과 바다와 같은 푸른빛을 내는 두 눈을 가진 색목인(色目人).

그녀의 피부는 흰색에 불빛이 겉도는 옅은 적색으로 중원에서는 찾아보기 힘든 것이었다.

건장한 남자만큼 키가 큰 그 색목인은 머리 위에 뿔 달린 소의 해골을 썼고, 날카로운 송곳니가 톱니바퀴처럼 솟아난 팔찌와 발찌를 찼으며, 몸의 모든 것이 진한 핏물을 먹인 것처럼 붉었다.

그리고 그녀의 어깨 위에는 흰색의 털을 가진 여우 한 마리가 있었다.

그 여우의 꼬리는 그 몸통보다 다섯 배는 더 길어, 아래로 축 늘어져 있었는데 그 꼬리 끝이 색목인의 발아래 넓게 펴져 받침 역할을 하고 있었다.

그 여우는 격한 숨을 쉬고 있었는데, 날숨에 맞춰 붉은 화염이 입 주변으로 화르륵 하고 번졌다. 공기 중으로 사라지는 그 속도가 너무 빨라서 마치 공기가 화염을 먹어버리는 것같이 보였다.

색목인은 중원인의 것보다 두 배는 큰 두 눈동자로 용조를 노려보며 중얼거렸다.

"스파르토이(Spartoi)."

용조는 검과 륜을 들며 그의 참모습으로 현신했다. 그러자 그의 몸에서 날개와 발톱이 솟아났는데, 마치 반투명한 물감으로 용의 모습을 그려 그의 신체를 덮는 듯했다. 전처럼 완전히 용의 모습으로 변하는 것이 아니라 용의 모습을 반쯤 빌리는 형태로 보였고, 그 안에서 검과 륜을 들고 있는 그의 신체가 온전히 육안으로 보였다.

용조는 그 눈길을 색목인에게 고정하며 피월려에게 말했다.

"역시 이계의 것을 너무 언급했어. 설마 공간을 넘나드는 주작의 사자가 함께하는 줄은 몰랐건만……. 네가 꾸민 짓은 아니겠지?"

피월려는 일단 만약의 사태에 대비하여 태극음양마공을 일으키며 대답했다.

"무슨 일이 어떻게 돌아가는 건지 전혀 모르겠다."

"하긴 그래 보여."

"저 색목인은 뭐냐? 방금 그 화염은 또 뭐고?"

"이계인(異界人)이다. 네가 아는 색목인과는 다른 존재야."

"무슨?"

"중원의 무공이 있는 것처럼 이계인에게도 그만의 무공이 있다. 현실을 비트는 능력이지. 상황이 안 좋아. 당장 저자는 네 존재를 알아차리지 못하겠지만, 나를 돕다 보면 언젠간 알려질 것이야."

피월려는 날카롭게 물었다.

"왜 내가 널 도와야 하나? 딱 보니 나와는 전혀 상관없는 네 문제인 것 같은데."

용조가 말했다.

"내가 죽으면 누가 네 질문에 대답을 해주나?"

"……."

"역시 중립 지역에서 널 만나는 게 아니었어. 설마 찾아올까 했는데……. 이미 예상하고 미리 찾고 있었던 것이 아니라면 불가능하다. 용안의 주인! 이계인과 상대하는 법을 잘 모를 테니 내 말을 잘 들어라. 용의 신체는 특수하여 저자의 무공이 통하지 않아. 따라서 저자는 현세에 존재하는 지형지물을 이용하여 나를 공격할 것이다. 그것들을 나에게서 쳐내주면 된다. 멀리서 검기나 검강으로만 부탁한다."

"서로 노려보기만 하면서 무슨……. 급하면 선공이라도 해. 내가 해줄까?"

피월려의 말대로 강가에 떠 있는 색목인과 용조는 서로를 노려보고 있을 뿐 아무런 움직임도 보이질 않았다. 첫 등장이 꽤 화려하여 정신이 없었는데, 이젠 하품까지 나올 지경이었다.

피월려는 그들이 일종의 심투를 벌이고 있다는 생각이 들었다.

용조가 말했다.

"네가 간섭하면 안 된다. 항시 제삼자의 입장을 고수하여 지형지물만 처리해라. 싸움에 간섭한다는 생각 자체를 하지 말고 무상무념으로 지형지물을 파괴하듯이 말이야. 심공을 익힌 네게는 그리 어려운 일이 아닐 것이다. 만약 그렇지 않으면 네 존재까지 발각당해. 이계의 무공을 방어할 줄 모르는 너는 저자에게 속수무책이다."

"그건 저 색목인도 마찬가지지. 근데 아까부터 무슨 소리야. 존재가 발각당하다니. 저자는 내가 안 보이나?"

"현세는 저자에게 있어 이면이다. 저자는 오감으로 현세를 인지할 수 없지. 제쳐두고 내 말에 따라."

피월려는 이런 용조의 모습을 본 적이 없었다.

항상 거만하기만 했던 그의 태도. 그리고 아무것도 없는 공중에서 폭발시키는 색목인의 무공.

설마 저것이 미내로가 사용하는 마법이라는 것인가?

호승심이 들끓었다.

피월려가 어깨를 들썩였다.

"내가 왜?"

"뭐?"

"같이 싸우자고, 까짓것."

피월려는 검에 검강을 불어넣었고, 한계까지 모아 쏘아 보냈다.

검강은 환한 빛을 내며 색목인에게 날아갔고, 색목인은 감정 없는 눈빛으로 멍하니 그것을 바라봤다. 그러나 곧 그 속에 집약된 엄청난 기를 느낀 색목인은 몸을 웅크렸지만, 완전히 피하지 못했고 그녀의 왼쪽 팔이 깨끗하게 잘려 나가 버렸다.

다만 피는 한 방울도 뿜어지지 않았다.

"뭐야? 움직임이 범인만도 못하군. 그래도 팔이 잘리고도 표정 하나 안 변하니 그건 인정해 줘야겠어. 피가 안 나오는 건, 혹 저자가 사용하는 마법 때문인가?"

용조는 표정을 완전히 일그러뜨리며 소리쳤다.

"죽으려고 환장을 했구나! 받아!"

용조는 들고 있던 류을 던졌다. 피월려는 그 귀한 것을 받지 않을 이유가 없다. 혈적현에게 가져간다면 내공이 없이도 내력이 담긴 물질을 상대할 수 있는 무기로 연구할 수 있을 것이다.

피월려가 안일한 생각을 하는 동안 색목인은 영창을 끝냈다.

"파워―워드 킬(Power―word Kill)."

피월려는 그 순간 죽음이 찾아오는 것을 보았다.

가장 깊은 기억의 편린 속에 '파워―워드'라는 그 말을 듣자마자 떠오른 사건.

그것이 가진 절대 명령이란 의미를 깨달은 피월려는 '킬'이라는 단어가 떨어지기 전에 눈을 감고 심검을 펼쳐 찰나를 무한하게 만들었다.

만약 찰나를 무한히 늘리지 않았다면 피월려는 그에게 임박한 죽음을 멈출 수 없었을 것이다.

코앞 면전까지 다가온 죽음은 그 무한한 찰나에 가로막혀 그 자리에 정지해 있었다.

그러나 그 위치는 피월려와 너무나 가까웠다. 얼마나 가까운지 그 사이의 공간을 열 손가락 이내로 셀 수 있을 것 같았다. 피월려는 죽음이 내쉬는 숨결까지도 피부로 느낄 수 있었다.

죽음 그 자체가 주는 공포.

이것은 살기를 통해서 간접적으로 느끼는 공포와는 차원이 다른 공포였다.

가히 공포의 근원 그 자체라 말할 수 있는 것. 그것이 살아 있는 육신에 스며들자, 살아 있는 상태를 원망하고 싶을 정도였다.

그의 생을 취하려는 죽음.

그 앞에서 피월려가 할 수 있는 건 아무것도 없었다.

무한한 찰나는 그에게도 똑같이 적용되는 것.

생각을 하는 것 외에 무엇을 할 수 있단 말인가?

심검을 풀면 어차피 죽는다.

풀지 않아도 할 수 있는 것이 없다.

그뿐.

이미 죽은 것이다.

"하나, 둘, 셋…… 일곱 개. 이야, 딱이네! 그래도 제 혼이 비집고 들어갈 공간이 딱 남아 있다니! 정말 아저씨는 살 운명인가 봐요? 제가 수련이 조금만 부족했어도 아마 못 들어왔을 거예요. 아저씨는 제 성실함에 감사하셔야 해요. 겨우 일곱 개의 시공면(時空面)에 혼을 투영할 수 있는 구미호는 정말 드물다구요!"

피월려는 귀를 의심했다. 찰나의 공간 사이에서 말을 할 수 있는 존재라니?

여우는… 아니, 아루타는 피월려를 보고 웃었다.

"인간치고는 제법이에요. 시공을 멈추다니…… 인간 태생의 한계를 생각하면 정말 대단하시네요."

피월려는 아무런 말을 할 수 없었다.

당연하다.

시공이 정지된 가운데 말을 하는 존재가 이상한 거다.

아루타는 말을 이었다.

"다짜고짜 공격을 하면 어떡해요. 아저씨인 줄 모르고 죽음을 보내 버렸으니…… 아이고, 이미 죽음이 현세에 나타난 이상 누군가 죽어야 사라지니 제가 대신 죽어드리는 수밖에 없잖아요. 제가 아무리 영생의 주작님을 모시는 사자라서 부활이 가능하다고 해도 진짜 힘들고, 진짜 괴롭고……. 아후… 또 몇 번밖에 못한단 말이에요. 이거 진짜 엄청난 빚이에요! 알겠어요? 진짜 그 짓을 또 해야 한다니. 아! 정말이지 아저씨만 아니었어도 되는데! 왜 하필 그 자리에 아저씨가 있어서! 에휴……."

피월려는 고개를 끄덕일 수도 없었다.

아루타가 말을 이었다.

"지금 보이는 색목인은 본래 주인이 부리는 분신(分身)과도 같아요. 주인이 부리지 않을 때는, 금기를 거론한 자를 찾아가 죽이는 역할을 하죠. 그것은 자의식이 없는 이면의 것이기에 일종의 환경 같아서 직접적인 영향을 끼치지 않는 한, 금기를 거론한 목표물만 인식해요. 아저씨는 괜찮을 거예요. 그러니까 그냥 도망가요, 알았죠? 부숴도 소용없다구요! 목표물이 죽지 않는 한 이계로 돌아가서 스스로를 복구한 뒤 다시 목표물 앞에 나타난다니까요? 진짜 무시무시하다고요!"

아루타는 죽음이 있는 곳으로 스스로 움직였다.

"다음에 뵐 수 있으면 봬요. 그땐 이 빚을 전부 갚아야 해요! 그리고 꼭 도망쳐요! 알겠죠?"

죽음은 아루타를 집어삼켰다. 그렇게 죽음은 사라졌다.

"용안의 주인! 사, 살았나?"

용조의 다급한 목소리에 피월려는 고개를 돌려 그를 보았다.

용조는 믿을 수 없다는 눈길로 그를 보았고, 피월려도 마찬가지였다.

전혀 이해가 가지 않는 상황.

이때 색목인의 어깨에 있던 여우가 땅으로 떨어졌다. 힘없이 떨어지는 것이 마치 그 생을 순식간에 잃어버린 것 같았다.

그와 동시에 색목인은 손을 옆으로 뻗었는데, 그 손이 마치 공간에 빨려 들어가는 듯했다. 그리고 곧 뱀의 것으로 보이는 뼈다귀를 그 속에서 끄집어내었다.

뼈다귀로 된 뱀은 마치 죽은 것을 잊은 듯, 해골을 이리저리 움직이며 사방을 두리번거렸다.

그 크기는 보통의 뱀보다 훨씬 컸으며 사람의 척주만큼이나 굵었다.

여우가 강물로 떨어짐과 동시에 그 꼬리를 발판 삼아 밟고 있던 그 색목인의 신체도 하강하기 시작했다. 그 발끝이 강물에 닿았을 때 물보라가 일 것이라는 피월려의 예상은 무참히도 깨어졌다.

탁!

얼음 위에 안착한 것이 아닌가 하는 의심이 들었다. 그러나 그 아래 강물은 여전히 흐르고 있었고, 여우의 시체는 지금도 바닥으로 가라앉고 있었다.

용조는 피월려와 색목인을 번갈아보더니, 곧 중얼거렸다.

"시공간을 다루는 주작의 사자가 대신 죽어줬어…… 왜? 이유가 뭐지? 설마? 너! 혹 저 색목인을 아느냐?"

죽음을 한번 본 피월려는 언제라도 죽을 수 있다는 마음이 들었다.

그는 절대로 방심하지 않기 위해서 색목인에게 온 신경을 집중하며 용조에게 말했다.

"무슨 소리냐? 내가 저런 자를 어찌 알겠나?"

"그런데 왜 저자가 널 살려주었지? 아니, 엄밀히 말하면 주작의 사자가 널 살려주었지. 이는… 네가 저자에게 있어, 죽으면 안 되는 존재라는 것……. 그것은……."

피월려는 묘한 살기를 느꼈다.

색목인에게서가 아닌 용조에게서.

"그것은?"

피월려의 물음에 용조가 씹어뱉듯 말했다.

"네놈이 바로 살신범(殺神犯)이구나! 그 배신자 놈이 아니라! 크크크, 진작 다 꾸민 일이었구나, 용안의 주인! 그래서 배신자가 널 도왔고! 널 보호했고! 대단하군!"

피월려는 다급하게 외쳤다.

"무슨 소린가? 내가 먼저 저자를 공격했고, 저자도 나를 죽이려……."

용조가 피월려의 말을 잘랐다.

"넌 아무것도 모르고 이용당하는 거다, 용안의 주인. 아무것도 모르는 자와의 문답(問答)은 무용(無用)일 뿐이지! 아무것도 모르고 죽는 건 불쌍하나, 이해해라. 이 세상을 위한 것이다."

피월려가 뭐라 변명하기도 전에 용조는 이미 피월려의 코앞까지 달려와 검을 휘두르고 있었다.

*   *   *

삼파전(三巴戰).

삼파전은 적과 아군이 경계가 흐릿하고 서로의 이해관계가 흐릿한 상황에서 자신만의 목적을 이루기 위한 삼인의 치열한 전투를 뜻한다.

백도의 무림인은 각각의 세력권이 어느 정도 안정되어 있어, 적과 아군이 뚜렷한 싸움을 자주하는 반면 흑도의 낭인들은 백이면 구십, 삼파전 구도로 가는 경우가 허다했다.

그 이유는 일대일 싸움에 무작정 뛰어드는 성격의 낭인이

라면 웬만한 실력이 아니고서야 낭인이라 불리기도 전에 진작
목숨을 잃어버렸을 것이기 때문이다.

삼파전은 보다 안전하며, 서로의 자존심이 상하지 않는 한
에서 어떤 합의로 끝나게 마련이다.

노련한 흑도의 고수는 하나같이 될 수 있으면 일대일 싸움
을 피하고, 피할 수 없다면 무조건 삼파전 양상을 끌고 가는
재주가 있다.

오랜 세월을 약자의 입장에서 낭인 시절을 보낸 피월려도
그 양상을 너무나 잘 알았기에 용조의 공격이 닿기도 전에 모
든 상황을 머릿속으로 정리할 수 있었다.

삼파전의 기본 중 기본은 서로의 진정한 목적을 깨닫는 것.
그것으로 생사관계(生死關係)를 정의하는 것이다.

피월려의 목적은 용조로부터 정보를 듣는 것이다.

그렇다면 다른 이들의 목적은 무엇일까?

피월려는 우선 용조의 공격을 피하기 위해서 금강부동심법
을 펼쳐 뒤로 물러났다.

그런데 막 코앞까지 다가오던 용조의 검은 허공에 부딪쳐
튕겨져 나갔다. 마치 아무것도 없는 공간에 벽이라도 생긴 것
같았다.

그와 동시에 그 공간에서 엄청난 역풍(逆風)이 쏟아져 나와
피월려를 덮쳤다.

살이 쓸리고 옷가지가 휘날리니 도저히 중심을 잡을 수가 없었다.

가만?

피월려는 손으로 들고 있던 륜 쪽에는 아무런 바람이 느껴지지 않는다는 것을 깨달았다.

용의 신체는 특별하여 이계의 무공이 통하지 않는다라……

피월려는 륜을 앞으로 들어 보였고, 그러자 놀랍게도 바람은 그 륜 앞에서 그 존재를 완전히 감추었다.

마법으로 생성된 역풍은 그 흔적조차 찾을 수 없을 정도로 소멸했다.

그런 그를 웃는 표정으로 보고 있는 용조.

왜?

피월려는 고개를 돌려 색목인을 보았고, 색목인은 막 검은 빛이 흘러나오는 지팡이를 높이 들었다.

용조는 그 색목인이 한 번 더 피월려를 인식하게끔 만든 것이다.

피월려는 서늘한 공포를 느낌과 동시에 금강부동신법을 펼쳐 순식간에 거리를 좁히면서 태극지혈을 검집에서 빼 들었다.

"파워—워드 키……"

캉!

내력을 잔뜩 머금은 태극지혈은 색목인의 목을 노렸다. 그러나 색목인의 몸 사이로 노란빛의 반투명한 벽에 가로막혀 그 힘 그대로 튕겨졌다. 다행히 그 대가로 색목인의 영창은 완성되지 못했다.

피월려는 즉시 륜을 그 벽에 집어넣었고, 마법으로 만들어진 그 벽은 용아로 만들어진 그 륜에 의해 완전히 소멸했다. 벽이 없어진 이상 심검으로 펼쳐진 태극지혈을 막을 수 있는 건 없다.

피월려는 또다시 태극지혈을 찔러 넣었다. 아니, 넣으려 했다.

뒷골이 오싹해지는 살기.

피월려는 눈을 감아 그 살기의 근원을 파악했다.

용조다.

피월려는 찔러 넣으려던 태극지혈을 그대로 뒤로 돌리며, 은밀히 공격하는 용조의 검을 막아내었다.

신속한 그 판단은 심검이 아니라면 절대 따라할 수 없는 속도였다.

챙! 채앵!

용조의 검은 가공할 마기를 내포한 태극지혈과 수차례 검격을 교환하고도 부러지지 않았다.

용조의 검술은 꽤 상당한 수준이라 피월려의 심검을 어느 정도 따라오고 있었는데, 도저히 따라가지 못하는 부분은 인간의 근육으론 흉내조차 낼 수 없는 용의 힘으로 메웠다.

마기가 충만한 피월려의 근력을 훨씬 상회하는 그 무지막지한 힘은 피월려의 등 뒤에 절로 식은땀이 흐르게 만들었다.

그 와중, 색목인은 피월려와 용조의 존재를 모두 인식했다. 그들이 자기에게 신경 쓸 겨를이 없다는 것을 알게 된 그 색목인은 다시 마법 주문을 읊었다.

"루밍(Rooming)."

지팡이의 끝에서 전 방향으로 퍼진 어떠한 기운.

피월려와 용조는 그것이 무엇인지 몰랐지만, 사방으로 퍼져 버린 그 주문 때문에 피월려와 용조의 관심이 다시 색목인에게로 쏠린 것이다. 마법에 휘말리기 싫었던 용조는 피월려에게서 거리를 벌렸고, 여유가 생긴 피월려는 색목인에게 검강을 쏘아 보냈다.

그 검강이 색목인의 몸에 닿을 찰나, 그 색목인은 위아래로 지팡이를 흔들었고, 그러자 마치 원래부터 그 공간에 존재하지 않았던 것처럼 색목인이 사라져 버렸다.

그리고 그 색목인이 나타난 곳은 다름 아닌 용조의 바로 머리 위.

용조는 즉시 위로 검을 찔러 색목인의 발 하나를 꿰뚫었으나, 그 영창까지 막진 못했다.

"핸즈—리버스(Hands—Reverse)."

용조는 세상의 시간이 거꾸로 흐르는 것 같았다. 적어도 용조의 감각은 그렇게 느꼈다.

물은 하류에서 상류로 흐르는 것 같았고, 몸이 뒤집혀 천장과도 같은 땅에 반대로 붙어 있는 기분이었다.

그는 몸을 움직였으나, 그의 생각과는 정반대로 움직일 뿐이었다.

용의 신체에는 마법이 통하지 않는다. 다시 말하면, 이는 그의 주변에 건 마법이라는 뜻.

용조는 서둘러 그 공간에서 빠져나가려 했으나, 몸이 말을 잘 듣지 않았다.

색목인이 지팡이를 위아래로 흔들자 또다시 모습을 감췄고, 이번엔 머뭇거리고 있는 용조의 뒤에 나타났다.

그러곤 영창을 시도하는데, 그것을 피월려는 지켜만 보고 있을 순 없었다.

이대로 색목인이 용조를 죽이면 아무런 답도 얻지 못하기 때문이다.

그는 금강부동신법으로 색목인과의 거리를 좁혔다.

그러자 색목인은 영창을 하다 만 지팡이를 다시 내리며 중얼거렸다.

"스왑(Swap)."

피월려는 순간 변화한 환경에 어리둥절했다. 그리고 찾아오는 극도의 어지러움.

그것을 겨우 견디고 심검을 재개하니, 이해할 수 있었다. 마법으로 인해 색목인과 피월려의 자리가 바뀐 것이다. 실제로 마법이 통하지 않는 륜은 피월려가 있었던 그 자리에 그대로 떨어졌다.

피월려의 앞에선 검으로 들고 찔러오는 용조가 있었다. 역방향으로 흐르는 시간에 어느 정도 적응한 용조는 색목인을 찌르려다가 그와 교환된 피월려를 찌르게 된 것이다. 피월려는 거우 태극지혈로 그의 검을 막아섰다.

캉!

피월려가 다급하게 말했다.

"일단 저 색목인을 처리하자."

피월려의 말에 용조가 대답했다.

"?악나하시 이람 앤"

"뭐?"

".엇버나옥앗 ,엄"

"……"

"!아러궂"

그리고 다가오는 용조의 검날. 하지만 빈틈이 너무 많았다.

지금까지 고강한 검술을 보여준 것치고는 너무 조잡한 수법. 피월려는 마법의 영향이라고 생각하며, 그 허를 찔렀다.

"크아강!"

피월려의 태극지혈은 용조의 어깻죽지로 깊이 박혀 들어갔다. 그러나 용조의 뼈에 끝이 걸려 멈췄는데, 그때 딱 느껴지는 손의 느낌이 너무나도 생소했고 또 반가웠다.

검에 마기를 주입하던 때부터 지금까지 근육이든 뼈든 모조리 베어버렸기 때문이다. 검신이 뼈에 걸린 적이 언젠지 기억도 잘 나지 않았다.

피월려는 태극지혈을 뽑았고, 용조는 고통을 호소하며 검을 놓쳤다.

피월려는 태극지혈의 끝을 물끄러미 바라봤는데, 그곳만 마기가 씻겨 나간 것처럼 연했다.

마치 붓의 끝만 물에 담가 먹물을 빼낸 것 같았다. 뼈에 닿으니 내력이 완전히 사라지는 것이, 살아 있는 용의 뼈가 내력을 배척하는 효능은 그것으로 만든 검이나 륜보다도 더욱더 뛰어난 것 같았다.

용조가 검을 놓친 이상, 이젠 색목인을 상대해야 할 차례. 이미 또 다른 마법을 중얼거리고 있는 그 색목인에게 피월려는 태극지혈을 휘둘러 검기를 수십 발 쏘아 영창을 방해했다.

색목인은 고개를 들어 그 검기들을 눈으로 보았고, 그것만으로 모조리 소멸시켜 버렸다. 발 하나가 검에 꿰뚫리고 한 팔을 잃어버린 고통이라면 사실 무림인도 정신을 차리기 어려울 터인데도, 그 색목인은 마법을 영창하는 데 아무런 무리가 없는 것과 동시에, 피월려의 검기를 먼지처럼 털어내고 있었다.

인형이라…….

피월려는 죽음을 앞에 뒀을 때의 기억이 희미했지만, 색목인의 정체에 관한 부분은 어렴풋이 생각났다.

눈빛에서 느껴지는 기운은 단순한 살기. 그 이외의 감정은 하나도 없었다.

인간이라면 살기와 함께 분노나 두려움 등이 섞여 있게 마련이다.

오로지 살기로만 가득 찬 마음을 가지기 위해선 입신의 경지에 들었다 할 정도로 살수의 무공을 익혀야 할 텐데, 저 색목인이 그런 살공(殺功)을 알 리 만무할 터.

그러니 마음을 읽을 수가 없지…….

피월려는 색목인과의 싸움이 무림인 간의 싸움과 상당히 다르다는 걸 느꼈다. 부상이 곧 공격의 저하로 직결되는 무림인과 다르게, 색목인의 마법은 부상을 당한 것에 아무런 영향을 받지 않는 듯했다. 급소를 노리지 않는 공격은 모두 무용지물일 뿐이었다.

색목인은 한 번의 공격을 하기 위해서 어느 정도 시간을 들여 영창을 했다.

그 이유도 아마 이계인들 간의 싸움은 작은 피해를 쌓아가며 상대의 기력을 빼앗기보다 한 번에 강력한 공격으로 서로를 완전히 무력화시키기 때문일 것이다. 그렇다면 하나하나 강력한 마법을 사용하기 위해선 어느 정도 시간이 걸리니, 그에 맞춰 역공하는 것이 중요하다.

피월려는 심신 모두 태극지혈에 집중하여 검강을 쏘았다. 충분히 쏠 수 있음에도 한 번 더 모으고 또 모아 더욱 압축하여 강력한 한 방을 날려 보냈다.

바라보는 것만으로도 눈이 부신 그 검강이 날아오자 색목인은 영창을 잠시 멈추고 지팡이를 허공에 휘저었다. 그러자 검강은 전에 검기처럼 그 자리에서 사라졌다. 그러곤 태연하게 영창을 이어갔다.

피월려는 중얼거렸다.

"강도의 문제가 아니야…… 검강이 위험하다는 걸 깨닫고 그걸 소멸시키기 시작했군. 그렇다면!"

피월려는 다가가지 않고 검기 다발을 쏘아 보내며 시간을 끌었다.

그러면서 긴 검신을 이용하여 안전거리에 서서 용조의 팔다리의 움직임을 묶기 위해 그의 사지의 근육을 끊어놓았다. 검기를 날리는 김에 한 번씩 용조의 육체를 벤 것이다. 용조는 욕지거리와 함께 피월려에게 저주를 퍼부었지만, 반대로 흐르는 시간 탓에 소리가 이상하게 변하여 피월려는 하나도 알아듣지 못했다.

애초에 용조는 피월려를 진심으로 죽이려 했으니, 피월려는 일말의 죄책감도 느끼지 않았다.

용조의 몸에 선혈이 낭자했고, 그와 동시에 행한 피월려의 방해 공작에도 색목인은 꿋꿋이 영창을 끝냈는지 지팡이를 들어 올려 피월려를 겨냥했다.

그 즉시 피월려는 신법을 펼쳐 물 흐르듯 용조의 뒤로 숨었다.

색목인이 크게 외쳤다.

"헨즈―홀드(Hands―hold)."

지팡이에서 뿜어진 또 다른 기운이 전 방향으로 퍼졌다. 그러자 용조가 고통에 지친 기색으로 으르렁거렸다.

"저걸 그대로 놔두다니……. 이젠 완전히 죽은 목숨이군."

용조 뒤에서 색목인으로부터 숨은 피월려가 말했다.

"이젠 시간이 제대로 흐르는군. 이제 내 말을 믿겠나? 말했다시피 저 색목인도 나를 죽이려 한다. 내가 저자와 한패가 아니라는 증거지."

용조는 모든 것을 포기한 듯 허무한 미소를 지으며 말했다.

"저건 이계의 연놈들이 이면의 것을 상대하기 위해 만든 살육 인형일 뿐이다. 살의 외에 아무 의지가 없지. 저것이 네놈을 죽이려 하는 건 그들도 생각하지 못한 실수일 뿐……."

"내게 협력해라. 그러면 색목인을 죽일 수 있다. 네가 먼저……."

용조는 씹어뱉듯 말했다.

"닥쳐라. 살신자를 돕느니, 그냥 죽겠다. 네놈의 존재를 저 색목인에게 인식하게 만들 방법만 있었다면 내가 죽더라도 그리했을 것이다. 그리고 어차피 저 인형이 저 술법을 완성한 이상, 나는 죽은 목숨이다. 그나마 네놈을 황천길 동무로 삼으려 했는데……."

"기다……."

피월려는 말을 멈췄다. 색목인이 어느새 용조의 코앞에까지 왔기 때문이다.

그 색목인은 피월려의 존재를 또다시 못 느끼는 듯했고, 또한 그것에 신경조차 쓰지 않는 듯했다.

색목인은 지팡이를 들어 용조를 향해 가리켰다.

"파워—워드 킬(Power—word Kill)."

아무런 일도 일어나지 않았다.

색목인은 빤히 그를 보더니 중얼거렸다.

"스파르토이(Spartoi)……."

색목인은 검은 그림자로 물든 지팡이로 용조가 쓰러진 바닥을 툭 치며 말했다.

"업(Up)."

후웅!

"으아아아……."

하늘 높이 치솟은 용조의 신체는 피월려의 눈으로도 따라갈 수 없는 엄청난 속도로 하늘 높이 치솟았다. 그로 인해 터진 파공음에 그의 목소리가 묻혀 마치 위로 뻗은 절벽으로 떨어지는 것 같은 착각이 들었다.

색목인은 지팡이를 바닥에서 떼며 말했다.

"다운(Down)."

철퍼덕!

뭐가 지나갔지?

그렇게 마음으로 물은 피월려의 시야는 곧 사방을 비산하는 용조의 신체 조각들로 가득 찼다.

형체가 남아나지 않은 그의 신체는 마치 잘 빚어진 반죽과 같았다.

"……."

이대로 가만히 있다면 색목인은 피월려를 인지하지 못할 것이다.

그러나 피월려의 마음에는 호승심이 들끓었다.

단 한 번도 경험해 보지 못한 종류의 싸움에서 승리하고 싶다는 마음이 죽음의 공포보다 더욱 앞선 것이다.

반미랑.

진파굉.

후병빙.

가도무.

박소을.

북자호.

그리고… 검선 이소운.

피월려는 도저히 가만있을 수 없었다.

태극지혈의 끝이 색목인을 향했다.

색목인은 지팡이를 흔들었고, 그 끝이 얼굴에 닿기 전에 그 자리에서 사라졌다.

피월려는 이미 속에서부터 모아 강기로 환산한 태극음양마공의 마기를 전신으로 뿜었다.

호신강기(護身罡氣).

사방으로 비산하는 강기는 바위도 부술 만한 강력한 운동량을 동반했다.

피월려의 머리 위쪽에서 나타난 색목인은 호신강기를 보자마자 외쳤다.

"이뮨(Immune)."

그러자 피월려의 호신강기가 그 색목인에게만 아무런 영향을 미치지 못했다.

피월려는 타들어 갈 것 같은 근육을 다시 움직여 태극지혈을 색목인에게 찔렀다.

"스왑(Swap)."

피월려는 그 소리를 듣자마자 왼손을 뒤로 뻗었다. 주변 환경이 갑작스레 변하고 머리가 깨질 것 같았으나, 뒤로 뻗은 왼손에 무언가 잡히자 그는 미소를 지었다. 각자의 공간이 바뀌어버려서, 서로 등을 지게 됐는데 이를 먼저 예상한 피월려가 왼손을 뒤로 뻗어 색목인의 머리를 잡은 것이다.

땅을 차고 가볍게 뛰어오른 피월려는 허리를 부드럽게 반바퀴 뒤로 돌리면서 무릎으로 색목인의 얼굴을 가격했다.

"파워—워……."

쿵!

내력까지 담았다면 머리를 터뜨릴 수 있었겠지만, 호신강기로 인한 결과로 내력이 좀처럼 마음대로 움직이지 않았다. 다만 입을 때려서 영창을 막는 것으로 목숨을 부지한 피월려는 태극지혈을 역수로 들었다. 그리고 하늘 높이 들어 올려 색목인의 머리를 내려쳤다. 그러나 색목인은 바로 직전 팔을 흔들었고 그 자리에서 사라져 버렸다.

태극지혈은 빈 공간을 꿰뚫고 땅에 박혀 버렸다.

피월려가 중얼거렸다.

"갑자기 말 한 마디로 마법을 쓰는군. 위험한데……."

색목인은 피월려의 앞에서 다섯 장 정도 되는 거리에 나타났다.

그곳은 강물 위로, 마치 수면 위에 부유하는 것 같았다.

색목인은 지팡이를 앞으로 뻗으며 입술을 움직였다.

무슨 말이 나올지는 뻔하다.

피월려는 전속력으로 달렸다.

그러나 다리는 그의 마음처럼 움직이질 않았다.

호신강기의 여파는 초절정의 내공으로도 무시할 수 있는 것이 아니다.

심검으로 내린 결론으론 아무리 빠르게 달려도 그 색목인이 마법을 외칠 때까지 거리를 반도 좁히지 못한다는 것이었다.

때문에 그는 태극지혈에 남은 내력을 불어넣어 힘껏 던졌다.

검기나 검강과 같이 내력으로만 이뤄진 것은 눈빛이나 지팡이로 소멸시키니 그렇게라도 하는 수밖에 없었다.

색목인이 날아오는 태극지혈을 보자, 눈빛으로 그 속에 담긴 내력이 모조리 소멸했다.

그러나 태극지혈 차체는 멈추지 않았다. 그것이 색목인의 머리에 닿을 찰나, 색목인은 다시 지팡이를 흔들었다. 그러자 완전히 모습을 감췄고, 그곳을 허무하게 지난 태극지혈은 한적한 강물 위로 떨어졌다.

그리고 나타난 건 피월려의 정면.

모든 기력과 내력을 태극지혈에 담아 던진 피월려는 손가락 하나 움직일 수 없어 그대로 땅에 꼬꾸라지고 있었다.

색목인은 지팡이를 들어 피월려를 가리켰다.

"파워―워드……"

그때 하늘에서 날아오는 번개 한 줄기.

색목인은 영창을 멈추고 눈으로 지팡이를 흔들었다.

그것만으로 그 번개를 모조리 소멸시켰다.

그러나 그 번개가 속에 품은 비도는 어찌할 수 없었다.

색목인은 지팡이를 흔들었다.

그러나 비도의 속도는 태극지혈과는 비교도 할 수 없을 만큼 빨랐다.

지팡이가 채 다 흔들리기도 전, 색목인은 그대로 입을 꿰뚫렸다.

"커허걱!"

피월려를 죽이려는 영창을 그만두고 다른 마법으로 방어했으면 모를까, 단순히 눈빛으로만 제거하는 판단을 내린 색목인은 처참한 최후를 맞이하게 되었다.

자연의 힘을 자기 마음대로 바꾸고, 눈빛과 지팡이로 검기와 검강을 소멸시키며, 말 한 마디로 사람에게 죽음을 내리는, 마치 신과 같던 그 색목인이 단순한 비도 하나에 입이 꿰뚫려 죽었다는 사실을 피월려는 도저히 믿기 힘들었다.

그 순간 색목인은 마치 원래부터 존재하지 않았던 것처럼, 가루가 되어 허공에 사라졌다.

"일대주님! 괜찮으십니까?"

주하의 목소리에도 피월려는 땅에 쓰러진 색목인에게 정신이 팔려 있었다.

정확하게는 그녀와의 싸움을 상기하는 데 온 정신을 쏟고 있었다.

피월려는 그 자리에 가부좌를 펼치며 주하에게 말했다.

"주변을 정리하시오. 그리고 내가 운기조식을 끝낼 때까지 호법을 부탁하겠소."

주하는 고개를 끄덕였다.

"존명."

피월려는 금세 무아지경에 들어섰고, 그를 물끄러미 보던 주하가 인상을 썼다.

"그래도… 구해줬는데……."

그녀는 쿵 하고 발을 한번 구르고는 투덜거리며 주변의 흔적과 시체를 치우기 시작했다.

피떡처럼 변한 용조의 시신에서는 '사람의 골격을 전혀 찾을 수 없었고 마치 거대한 짐승의 이빨로 보이는 큰 뼈 하나만 있었다.

그리고 주변에 있는 싸움의 흔적들은 그런 것을 전문적으로 파악하는 훈련을 받은 주하도 전혀 종잡을 수 없을 만큼 혼란스러웠다.

*   *   *

피월려는 한참의 시간이 흘러 해가 진 후에야 운기조식을 마쳤다.

그 흔적들을 치우면서도 계속해서 의문을 품은 주하는 돌아가는 길에 피월려에게 이것저것 물어보았지만 기밀 사항이라는 대답만 들을 뿐이었다.

안양 군수의 저택에서 피월려를 기다리던 구양모가 그를 보자 앞으로 나왔다.

"어디를 다녀오시는 길이십니까?"

피월려가 대답했다.

"기밀 사항이오. 그나저나 낙양지부에 보내야 할 중요한 물품이 있는데, 혹 믿을 만한 수하가 있소?"

구양모는 떨떠름한 표정으로 말했다.

"발이 빠른 놈이 있긴 합니다만."

"빠를 필요는 없소. 안전이 더 중요하오."

"그놈이 발이 빠른 이유가 진짜 발이 빨라서 그런 것이 아니라, 지리를 잘 알기 때문입니다. 한눈에 슬쩍 보곤 최고로 빠르고 은밀한 길을 찾아내는 놈이죠. 그놈에게 맡기는 것이 속도는 물론이고 안전도 보장될 겁니다. 그러나 그놈을 보내버리면 우리 쪽에서 지리를 파악하는 데 무리가 있지 않겠습니까?"

"어차피 제갈토와 움직이는 한, 우리 쪽에서 지리를 좀 더 파악해 보았자 의미가 없을 것이오. 이것을 가지고 낙양지부에 가서 육대주에게 전하라 하시오."

"존명."

피월려는 등에 맨 용조의 뼈를 구양모에게 전해주었다.

구양모가 말을 이었다.

"저… 능수지통이 일대주께서 저택에 들어오거든 즉시 알려달라 했습니다만, 알릴까요?"

"무슨 일로 찾는다고 했소?"

"같이 가볼 데가 있다고……."

"어디 있소?"

"제가 안내하겠습니다."

피월려는 걸음을 옮기며 생각했다.

해가 다 진 시각에 어딜 가지는 않을 것이다. 우선 제갈토의 의도를 파악하기 위해서 가본 것인데, 제갈토는 또다시 그의 예상을 뒤엎었다.

제갈토는 피월려를 보자마자 양팔을 활짝 벌리면서 말했다.

"얘기는 들었지? 지금 나가지, 심검마! 상장군도 허락했네. 혹 지금까지 예기치 못한 전투라도 치러서 기력이 딸리는 게 아니라면 말이야! 키힛! 참고로 자네하고 나만 따~ 악 단둘이서 가는 걸세. 흑도의 대표와 백도의 대표가 이렇듯 오붓한 시간을 한 번쯤 보내야 이 중원의 백도와 흑도 간의 갈등을 해결하는 첫걸음이 될 수 있지 않겠나?"

이미 어느 정도 알고 있는 건지, 아니면 그저 떠보는 건지…….

피월려는 고개를 끄덕였다.

"갑시다."

제갈토가 자리에서 일어나며 크게 외쳤다.

"역시 심검마! 내 함정을 파놓았을지도 모르는데 바로 가겠다니, 그 배포가 남다르군."

"물론 정확하게 단둘이서만 가는 거라면 배포가 큰 쪽은 내가 아니라 능수지통일 것이오."

"……."

"단둘이라면 말이오."

제갈토는 잠시 말이 없다가, 곧 씨익 웃으면서 대답했다.

"호법을 말하는 겐가? 그 늙은 놈은 나와 일심동체인데? 내가 가는 곳은 무조건 따라가는 놈이지. 내 사지와도 같은 놈이라 한 몸이라고 말할 수밖에 없구먼!"

피월려도 마주 보며 미소 지었다.

"그럼 나도 나를 보필하는 호법을 동행하겠소."

"뭐, 그러시든가."

"단둘이 아니라 넷이서 움직이니 이거 원 전혀 오붓하지 않아 매우 유감이오, 능수지통."

"……"

제갈토는 제대로 말을 할 수 없었다.

이렇게 입씨름으로 밀리는 건 참으로 간만이라, 당황해 버린 것이다. 백도에선 그의 말에 따박따박 대꾸하는 자도 없거니와 심지어 거만하기 짝이 없는 검선도 그에게는 경어를 써준다.

재밌다!

너무 재밌다!

제갈토는 속에서 새어 나오는 웃음을 겨우 참으며 말했다.

"좋아, 좋아. 말을 준비했으니 따라오게. 안 잡아먹을 테니 걱정하지 말고!"

신나 보이는 그가 앞장섰다. 그러자 주하가 피월려에게 말했다.

　[진심이십니까?]

　피월려가 대답했다.

　[저자가 날 죽일 생각이었으면 진작 죽였소. 장단에 놀아주는 것도 나쁘진 않겠지.]

　[…….]

　[걱정되시오?]

　[아까도 피할 수 있는 싸움을 피하지 않으셨습니다. 제가 아니었다면 정말 목숨이 위험했습니다.]

　[위험한 게 아니라 필히 죽었을 것이오.]

　[정말 괜찮으십니까? 천마에 이르러 더욱 마성에 영향을 받게 된 건 아닌지 모르겠습니다. 황룡무가에서도 그랬고…….]

　[그럴지도 모르지. 하지만 나는 이제 피할 수 있는 싸움이면 되도록 피했던 옛날의 나를 버렸소.]

　[…….]

　[너무 걱정하지 말고 나를 따르시오.]

　주하는 더욱더 신경이 쓰였지만, 더 이상 말할 순 없었다. 피월려의 눈빛이 너무 확고하여 그녀의 말이 조금도 들리지 않을 것이라는 걸 깨달았기 때문이다.

　[존명.]

주하의 전음은 왠지 힘이 없었다.

*   *   *

한적한 거리를 느긋하게 걷는 두 말 위에 피월려와 제갈토가 앉아 있었다.

너무 편안해 보여 누가 본다면 늙은 아버지와 젊은 아들이 여행이라도 다닌다 생각할 법하다. 그러나 그 둘은 직접적이고 개인적인 원한이 없을 뿐, 철천지원수라 표현해도 좋을 만한 관계였다.

서로 목을 자르기 위해 지금 당장 칼을 뽑는다 해도 이상할 것이 전혀 없었다.

피월려가 먼저 입을 열었다.

"논의는 어떻게 되었소? 산 정상선을 타고 움직이기로 했소?"

제갈토는 부드러운 목소리로 대답했다.

"그 질문을 들으니, 상장군의 귀를 닫기 위해 의도적으로 논의장에서 떠난 건 아닌가 보군?"

"내가 나가면 능수지통의 심계를 두려워하는 상장군이 능수지통의 말을 듣지 않을 거라고 예상은 했는데, 일이 결국 그렇게 진행되나 보군. 그럼 평지에서 걸어 올라가 전면전을 치르는 것이오?"

"그렇게 되었네."

"그것조차 의도한 것은 아니오? 능수지통이라면 능히 그럴 만한데."

"심검마가 그 자리에서 박차고 나갈 줄은 나도 몰랐지. 꽤 인상 깊었어. 그런데 말이야, 말하다 보니 거슬리는 게 있는 데 말이지. 혹시 천마신교에선 까마득한 후배가 하늘같은 선 배에게 하오체를 쓰고 그러는가? 내가 그쪽 사정을 잘 몰라서 말이야. 아무리 그 동네에선 검만 잘 휘두르면 부하가 간이고 쓸개고 다 준다지만, 나이가 두 배나 많은 사람한테 하오체라 니, 너무 무식한데……."

피월려는 딱딱하게 말했다.

"천마신교 낙양지부의 대표로 무림맹의 대표에게 말하는 것이오. 그러니 전처럼 경어를 쓸 수 없는 건 능수지통이 이 해하시오."

"흐음, 이해야 하지. 그냥 거슬리는 게 있다고 말하는 것뿐 이야. 뭐, 내가 말한다고 해서 심검마가 갑자기 경어로 바꿔 말한다든가 하는 건 손톱에 낀 때만큼도 기대를 안 했어. 하 여간 본론으로 돌아가면 말이야, 상장군이 고집을 부려서 말 이지. 평야에서 천 대 천의 대전투가 벌어질 것 같은데……. 그 정도 되는 전투는 사실 아무도 잘 몰라."

"무림인들은 잘 모르지만 장군 중에는 그래도 잘 아는 이들이 있지 않겠소?"

"이백오십 년 전부터 외세의 침입에서 자유로워진 중원에 평화가 깃들면서 무림방파가 각 성의 치안을 다스리기 시작했고, 군에선 군비를 아끼고 정책에 투자하여 서민들의 삶이 풍요로워졌지. 그러다 보니 저 남쪽 끝에 위치한 어떤 광신도 새끼들을 제외하면 중원을 모두 먹겠다느니, 천하에 군림하겠다느니 하는 그런 발상 자체를 잘 안 하게 되었어. 칼부림이 좀 나더라도 서로 체면만 세워주고 끝나기 일쑤……."

"따분하고 지겨우면 본 교에 입교를 희망해 보시오. 본 교는 사람을 받는 데 있어 가리지 않소."

"거 들어가려면 같은 편 누구누구 죽여야 한다며? 키힛, 나 정도는 솔직히 맹주 목을 잘라 가지고 가지 않는 한 안 받아 줄 것이 뻔해. 그 괴물의 목을 칠 생각을 하면 머리만 복잡해지고 도저히 해법이 안 떠오르니, 그럴 수가 없어 참으로 안타까워. 그래서 제안은 고맙게 생각해."

"……."

"솔직히 말하면 평야의 싸움이 어떻게 흘러갈지는 나도 모르겠네. 하북팽가가 병신이 아니고서야, 낭인으로 된 무리들을 전선에 앞세울 리는 없고, 서로 으르렁거리다가 일기토라도 하려나? 아니, 전쟁을 누가 치러봤어야지. 안 그런가, 심검마? 지금 황궁에서 징병하지 않는 이유로 이것저것 핑계를 대고 있지만 솔직히 내가 봤을 땐 다 개소리야."

피월려는 유한이 그에게 질문했던 것을 그대로 제갈토에게 물었다.

"그럼 황궁이 백성들을 징병하지 않는 이유가 무엇이라 보시오?"

"할 줄 몰라서."

"……"

피월려는 지금껏 앞만 보고 대화를 나누었는데, 처음으로 고개를 돌려 제갈토를 보았다. 제갈토는 입맛을 다시면서 말을 이었다.

"마지막으로 백성을 징병한 게 언제인가? 이백오십 년 전이지 않나? 징병하는 방법 자체를 잘 모르는 거야. 키힛! 그뿐! 딱! 뻔하지!"

피월려는 어이가 없었다.

"아니, 그것이 말이 되오? 황궁에서 백성을 징병할 줄 모른다니……. 그런 어처구니가 없는 이유가 어디 있소?"

제갈토가 말했다.

"내가 괜히 능수지통이겠나. 남들이 생각하지 못하는 걸 꿰뚫어 보니 능수지통이지. 할 줄 모르니 일단 전투에 능한 백운회에게 명을 내린 것이야. 무림인들을 데리고 가서 반란을 제압하라고. 무림인들이 치안을 담당하기 시작하면서부터 황궁에선 최소한의 병사들만 데리고 있었지. 각 성의 사병 또한 내가 아는 한 만을 넘은 적이 없네. 무림인을 견제할 수단만 필요한 것이고, 소수로 움직이는 무림인을 견제하기 위해선 몇천 정도만 있어도 돼. 그런 거지, 뭐. 등(橙) 하나 먹겠나? 안양 군수가 귀한 거라고 준 건데?"

"……"

제갈토는 태연하게 짐 꾸러미에서 노란빛을 내는 등 하나를 꺼내 껍질째 씹어 먹었다. 단내와 신내가 그윽하게 퍼지는 것이 최상급의 것이 아니고서야 불가능한 향이었다.

그 광경을 멍하니 보던 피월려를 마주 보며 제갈토가 보란 듯이 한 번 더 베어 먹었다.

"그리 부러운 눈빛으로 쳐다보지 말게나. 마교도 꽤 부자인 걸로 알고 있는데, 거기서 일대주씩이나 하는 사람이 뭐 이 정도를 가지고 그리 보나?"

피월려는 고개를 앞으로 향했다.

"목적지가 어디요?"

"사실 이건 함정일세. 목적지는 지옥이지."

"재미없소."

"……"

"어디요?"

제갈토는 반쯤 먹던 둥을 휙 하고 집어 던지면서 말했다.

"이름은 기시준. 수학(數學)에 정통한 자로, 이번 평야 전투에 필요한 사람이네."

"수학에 정통한 자가 왜 필요한 것이오?"

"내 본 가 내부엔 백병전을 연구했던 자들의 지식들이 담긴 책이 많아. 역사상 벌어졌던 수많은 전투들을 연구하여 이를 수학적으로 분석하는 것이지. 사실 그가 필요하다기보다는 그의 지식이 필요한 것이지."

피월려는 이해할 수 없었다.

"전투를 수학적으로 분석하는 이유는 무엇이오?"

"몰라? 과거와 미래, 시간의 흐름에 영향을 받지 않는 것이 수(數)의 진리야! 수학을 기반으로 한 학문은 미래를 예측하는 데 탁월한 능력을 발휘하지. 뭐, 그래서 백병전도 수학을 기반으로 미래를 예측하고자 하는, 그런 시도들이 있었네만, 결론부터 말하면 대실패 그 자체! 천재들만 태어난다는 본 가에서도 수학의 벽 앞에 무너져서 말이야."

"지금 만나는 기시준이라는 자가 그 벽을 넘게 해줄 수 있소?"

"정확해! 과연 심검마로군! 그자가 가진 해법을 배울 수만 있다면 이번 백병전에 본 가의 연구 자료를 써먹어 그 진위를 파악해 볼 수 있지. 어떤가, 구미가 당기지?"

"그것이 나에게 무슨 이득이 된단 말이오?"

"에이… 관심 있는 거 알아! 심검마나 나같이 이 땅 위에 하늘만큼이나 똑똑한 사람들은 그런 데다 관심을 가지게 마련이지."

"전혀 없소. 그리고 내가 왜 그자를 만나봐야 한다는 것이오?"

"그냥 그 인간의 지식을 빌리는 데 일조 좀 해달라는 거네. 본 가에도 그런 놈들이 많은데, 이 기시준이라는 인간은 하여간 지독해. 십 년을 방구석에서 나오질 않았다는 거야. 믿겨지는가? 아니, 폐관수련도 아니고, 사람이 그저 수학에 매달려서 십 년을 방구석에서 지내다니. 놀랄 노 자가 봐도 놀랄 지경이지 않은가? 게다가 사람을 만나지도 않아. 말도 안 해. 답답해 죽을 지경이니, 자네라도 도와달라는 거야."

"그자가 그러든 말든 나와는 상관없는 일이오."

"그럴 줄 알고 내가 선물을 준비했지."

제갈토는 품에서 작은 주머니 하나를 꺼냈다. 손바닥만 한 크기에 가죽으로 만든 것으로 보이는데, 그 안에 무엇이 들어 있는지는 종잡을 수 없었다.

"선물?"

"이번 일을 도와주면 내가 이 선물을 주겠네."

"도대체 언제부터 선물이 대가로 지불되는 것이었소?"

"에잉, 선물이라고 하면 부드럽고 좋지 않은가?"

"……."

그 이후에도 제갈토는 쉴 새 없이 떠들었다. 피월려가 차라리 이게 함정이길 바랄 정도였다. 제갈토의 설공은 피월려의 심신을 지치게 만들었다.

피월려는 은근히 발로 말을 차면서 크게 티 나지 않게 최대한으로 말의 속도를 높였다.

제팔십이장(第八十二章)

그들은 고요한 자시 초에 기시준의 집에 도착할 수 있었다.
이는 말의 속도를 은근히 높이는 피월려를 괘씸하게 생각한
제갈토가 길을 못 찾는 척하면서 질질 끈 결과였다. 기시준의
집에 도착했다는 말을 들은 피월려는 그 대문이 그리 반가울
수 없었다.

　대문의 크기로 보아하니 일반 백성의 집은 아닌 것 같고,
적어도 이십 명의 식솔들이 있을 법한 크기였다. 제갈토는 대
문을 쿵쿵거렸고, 그러자 열 살 정도 되어 보이는 남자아이가
튀어나왔다.

"이 야심한 시각에 어인 일이십니까?"

제갈토가 말했다.

"기 박사(博士) 계시는가?"

"도련님은 외부인과 만나지 않습니다."

"제갈토가 왔다고 전해주게. 그럼 알 걸세."

"알겠습니다."

소년은 안으로 들어갔다가 곧 다시 나와 문을 열어주었다. 그리고 피월려와 제갈토를 안내했는데, 그 와중에 그들이 타고 온 두 마리 말의 고삐를 잡고 인도하는 솜씨가 웬만한 관가(管家)보다 더 능숙했다.

집 안은 깨끗했으나, 사람의 자취가 별로 느껴지지 않아 폐가의 으스스한 느낌도 났다. 마치 낮에 있었던 은허에 다시 온 기분이었다.

그렇게 한적한 마당을 조금 걷자, 기시준이 기거하는 안방이 나왔다.

소년은 피월려와 제갈토에게 말했다.

"잠시 기다리시지요."

그렇게 말한 후, 그는 안으로 들어갔다. 그러곤 곧 밖으로 나와 말했다.

"안으로 들어오시랍니다."

제갈토는 피월려를 돌아보며 말했다.

"얼른 들어가세. 찬바람이 너무 세. 이러다가 이 늙은 몸에 풍이라도 생기면 책임질 건가?"

피월려는 일부러 몸을 오들오들 떨면서 들어가는 제갈토를 따라 안방에 들어섰다.

그 안방은 낮처럼 환했다. 너무 밝아서 눈이 부실 지경이었다. 들어서기 전까지도 밖에선 그 빛을 전혀 볼 수 없었던 건, 창과 문에 빛이 투과하지 못하는 어떤 특수한 흙을 발라놓았기 때문이었다.

그 방은 온통 서적으로 가득했다. 창과 문을 제외한 사면이 모두 책장으로 되어 있었고, 심지어 천장에도 책이 매달려 있었다.

책으로 집을 지은 것이 아닌가 하는 착각이 들 정도이니, 그 안에 가득한 종이와 먹의 냄새는 코의 기능을 완전히 마비시키고도 남았다.

그곳에 한 남자가 있었다. 퀭한 눈과 빼빼 마른 몸을 가진 그는 대략 이십 대 중반으로 보였는데, 단정하고 깔끔한 옷차림과 대조적으로 사방으로 비산하는 머리카락이 인상 깊었다.

그 속에 흰 머리가 간간이 보이는 것이, 그가 방 안에 틀어박혀 연구하는 동안 쏟아부은 심력과 노력을 대변하는 것 같았다.

기시준이 말했다.

"심안이오?"

제갈토가 고개를 끄덕였다.

"그가 가진 건 심검이라는 무공의 경지이지만, 이것이 기 박사가 말하는 심안(心眼)과 동일한 것이라 자부하네."

기시준의 죽은 듯한 두 눈동자가 서서히 움직여 피월려를 향했다.

시선이 마주쳤고, 피월려는 마치 고상한 고수를 보는 것 같은 느낌을 받았다. 절정… 아니, 초절정에 가까운 위압감이 느껴졌다.

기시준이 나지막하게 물었다.

"일(一)과 구(九) 사이에 있는 숫자가 무엇이오?"

피월려는 잠시 생각한 후 답을 말했다.

"오(五)인 것 같소."

"일(一)과 백(百) 사이는?"

"오십(五十)이 좀 더 되겠군. 갑자기 그건 왜 묻는 것이오?"

기시준이 시선을 거두며 피월려의 말을 무시했다. 그러곤 걸걸한 목소리로 제갈토에게 말했다.

"확인해 보고 맞다면, 약속대로 알려주겠소."

"얼마든지 확인해 보게. 그런데 얼마나 걸릴 텐가?"

"짧으면 반 시진, 길면 한 시진일 것이오."

기시준은 벽의 한 곳을 눌렀다. 그러자 한쪽 구석이 푹 꺼지면서 비밀 계단이 나타났다.

기시준은 기어가는 건지, 걸어가는 건지 모를 듯한 걸음걸이로 그 계단 아래로 내려갔고, 제갈토는 피월려에게 따라 내려가라는 듯이 손짓을 했다.

피월려가 말했다.

"아직도 내가 왜 능수지통을 도와야 하는지 모르겠소."

제갈토가 아까 보여주었던 주머니를 흔들면서 말했다.

"장담하건대, 심검마에게도 좋은 일이야. 내 말에 거짓이 있는지 심검으로 한번 확인해 보게나."

거짓이 있든 없든 상관없다. 어차피 모든 걸 돌파해 보이겠다는 결심이 있으니.

피월려가 퉁명스럽게 말했다.

"됐소. 그런데 한 가지 묻겠소. 방금 저자가 물어본 것이 무엇이오?"

"아, 별거 아니네. 기 박사는 수학을 모르는 자와 대화하지 않는 버릇이 있어서……. 까다로운 기준이네만, 자네는 잘 통과했네."

"그 정도는 누구라도 통과했을 것이오."

제갈토가 눈을 빛내며 말했다.

"아니, 그렇지 않지. 뭣하면 나중에 다른 이에게 한번 물어

보게나."

"……."

"들어가시게. 기씨가 아닌 자 중 저 안으로 들어간 자는 자네가 유일하겠군."

"능수지통도 들어가지 않았소?"

"안 한 게 아니라 못 했지. 저 진법은 몇 세대에 걸쳐, 백 년 이상 시간을 들여 완성한 그야말로 난공불락(難攻不落). 저걸 깨려면 내 남은 수명보다 긴 시간이 필요하지. 즉 불가능이야. 기 씨 가문의 자손이 허락하는 자만 들어갈 수 있네. 어서 들어가서 기 박사를 도와주시게. 그러면 이 선물을 받게 될 터이니."

주하가 피월려에게 전음을 보냈다.

[이대로 저곳에 들어가는 건 너무 무모합니다. 아니, 그건 그냥 어리석은 짓입니다.]

[나오시오.]

[예?]

[모습을 드러내시오.]

[존명.]

주하가 밖으로 모습을 드러냄과 동시에 피월려가 제갈토에게 말했다.

"그쪽의 호법도 부르시오."

"갑자기 무슨 생각을 하는지 모르겠군. 하지만 뭐 상관없겠지. 나오시게나."

제갈토의 말에 그때 강가에서 보았던 그의 호법도 모습을 드러냈다. 늙은 노인이지만, 번쩍이는 눈빛을 가진 그는 한 마리 늑대와도 같았다.

피월려가 말했다.

"내가 저 안에 들어가 있는 동안, 이자를 점혈하고 주하가 그 목에 칼을 대고 있겠소. 만약 능수지통의 말대로 내게 위험이 없다면 이 제안을 거절할 이유가 없을 것이오."

제갈토는 장난스레 포권을 취하면서 말했다.

"존! 명! 이거 맞는 거지? 키힛, 자네의 머리카락 하나라도 상한다면, 자네의 호법이 내 호법을 죽여도 되네."

제갈토의 호법은 제갈토의 말에 항의 한번 하지 않고 피월려의 앞에 나와 무릎을 꿇었다.

마치 피월려가 이런 제안을 할 줄 미리 알았던 것처럼 착착 움직이는 것이 오히려 피월려의 머리를 혼란스럽게 만들었다.

이를 간파한 것인지 제갈토가 음흉하게 웃었다.

"일이 척척 진행되는 것이 이상한가? 의심스러운가? 하긴 자네 같은 하류 인생을 살다 보면 일이 척척 진행되는 것이 너무나도 비현실적으로 느껴질 수 있어. 하지만 내게는 일상이네. 오히려 일이 착착 진행되지 않으면 뭐가 이상해. 아시다시

피 나는 자네처럼 노력에 따라 결과가 보장되지 않는 천한 삶을 잘 몰라서 말이야. 키힛! 나는 노력하는 대로 얻었거든."

피월려는 그 말을 무시하며 주하에게 말했다.

"하시오."

주하는 피월려를 흘겨보다가, 곧 그 호법의 몸에 점혈을 하고, 비도를 꺼내 그 목에 칼을 댔다. 이를 확인한 제갈토가 피월려에게 말했다.

"이제 내려가시게."

피월려는 대답하지 않고 걸음을 옮겨 비밀 계단 아래로 내려갔다.

저벅저벅.

저벅저벅.

반 각 정도를 끊임없이 내려갔을까? 반경 두 장 정도 되는 작은 공간이 나왔는데, 그 중심에 거대한 비석 같은 것이 서 있었다.

그 비석에는 사람의 모습과 동물의 모습을 기이하게 섞어놓은 이상한 그림이 새겨져 있었는데, 쳐다보고 있는 것만으로도 이상하게 머리가 어지러워지고 속이 메스꺼워지는 기분이 들었다.

기시준이 그 비석 앞에서 거지처럼 주저앉아 문방사우(文房四友)를 펼쳐놓고 그 비석에 시선을 고정하고 있었다. 그가 진

중한 목소리로 피월려에게 말했다.

"심안으로 저걸 보시오. 그리고 보이는 문자들을 내게 알려주면 되오."

피월려가 말했다.

"저것이 무엇이오?"

기시준이 말했다.

"심안에 도달하지 않은 자는 볼 수 없는 것으로 내 가문의 조상들이 만들었소. 무공으로 치면 절세신공 같은 것이겠지. 하지만 무인에겐 아무런 쓸데없는 것이니, 당신에겐 무용지물이오."

"……"

"심안으로 보시오. 그래야 글자가 보일 테니."

피월려는 눈을 감고 심검을 펼쳤다. 그리고 즉시 눈을 떴다.

"아니?"

기시준은 고개를 위로 올려 피월려를 물끄러미 보았다.

"보았소?"

"……"

피월려는 침착하게 숨을 고르면서 눈을 감았다. 그리고 심검을 전개하여 비석을 보았다. 그러자 그 비석에 정말 빼곡히 쓰인 글씨가 가득했다.

황금색이면서 동시에 공중에 둥둥 떠다니는 것이 마치 하나하나가 살아 있는 생물처럼 보였다.

피월려는 집중하여 하나하나씩 읽어 내려가기 시작했다.

"환사마지(還事摩之)……"

기시준도 그 말을 듣자마자 피월려의 말에 집중하며 준비한 종이에 글자를 써 내려가기 시작했다.

꽤 오랜 시간이 걸려 모든 글자를 읽자, 피월려는 정신을 차릴 수 없을 만큼 힘이 쭉 빠졌다.

기시준은 그 즉시 자리에서 일어나면서 문방사우를 챙겨 들었다.

"좋소. 이제 나가야 하오. 따라 올라오시오."

먼저 훌쩍 가버린 기시준의 발걸음은 극히 가벼웠다. 당장에라도 곯아떨어질 것같이 힘들었던 피월려는 범인인 그의 발걸음에 맞춰 걷기도 힘들었다.

다시 방으로 돌아온 기시준과 피월려를 본 주하는 피월려에게 물었다.

"괜찮으십니까?"

피월려가 힘없이 대답했다.

"괜찮소."

제갈토가 말했다.

"그럼 내 호법을 놔주시게나."

피월려는 고개를 끄덕였고, 주하는 그 호법의 점혈을 풀었다.

다만 그 풀리는 속도를 느리게 하여, 만일의 사태에 대비했다. 그 호법은 손목과 목을 풀면서 인상을 썼다.

기시준이 상석에 앉으면서 말했다.

"덕분에 입방근절대해법(立方根絶對解法)과 삼차방정절대해법(三次方程絶對解法)을 얻었소. 약속대로 원하는 계산 백 개를 말씀하시오."

제갈토가 품에서 얇은 책자 하나를 꺼내 그에게 주었다. 그 것을 기시준이 펼쳐서 보는데, 제갈토가 그를 보며 말했다.

"기밀이기에 암호문으로 되어 있네. 그것을 해독하는 방법은……."

기시준이 제갈토의 말을 잘랐다.

"이미 해석했소. 답은 따로 적어주겠소. 같은 암호문으로 작성하면 되오?"

"…그렇네."

기시준은 빈 책자 하나를 꺼내서 힘껏 붓을 놀렸다.

"누가 무림방파 아니랄까 봐, 계산에 필요한 것 대부분이 무(武)에 관련된 것이군. 정녕 수학을 이렇게밖에 쓰지 못하는 것에 참으로 유감이오. 사람을 죽이고, 무기를 개발하고, 병법을 짜고……. 왜 능수지통 같으신 분이 한낱 힘 따위에 집착하는 게요?"

제갈토는 지금까지와 다른 진지한 태도로 그의 질문에 답했다.

"힘은 힘 따위라고 말할 수 있을 만큼 무시할 수 있는 게 아니니까. 수에 정통한 자네에겐 한낱 힘으로밖에 보이질 않겠지만, 나는 한 가문을 책임지는 사람으로서 자네처럼 힘을 무시할 수만은 없지."

"허무한 것을 좇아 뭐에 쓰려고……."

"잃을 것이 없는 자네가 부러울 따름이네."

제갈토의 말에 덧붙여서 피월려도 몇 마디를 하고 싶었다. 방구석에 틀어박혀 사는 자가 세상에 대해서 뭘 안다고 그런 건방진 소리를 하는지.

그가 너무 가소로웠다. 그러나 그들의 대화는 제갈토의 독백으로 그냥 끝이 나버렸고, 때문에 피월려가 끼어들 여지는 없었다.

반 시진 정도 흐른 후, 기시준이 책자를 던지듯 제갈토에게 주었다.

"이로써 우리의 거래는 끝이오. 이젠 나가보시오."

제갈토는 자리에서 일어났고, 그의 호법은 주먹을 쥐었다가 폈다 하면서 중얼거렸다.

"어르신께서 원하시면……."

제갈토가 즉시 말했다.

"뭐."

"심검마도 딱히 막지 않을 겁니다."

"그냥 두라 하는 말 안 들었나? 아니, 이젠 자네까지 내 말을 무시할 생각이야? 세상 참 많이 변했어."

"……"

"호법이면 호법답게 호위에 집중해. 하여간 이놈이나 저놈이나 제 위치를 모르고 설쳐대니, 진심으로 분노가 치미는군."

"제가 실언을 했습니다."

"외부인을 저곳에 들였다는 것부터 기씨 가문이 끝났다는 것이지. 어차피 방구석에서 죽어가는 자를 네 손으로 직접 죽여야 속이 시원한가?"

"죄송합니다."

그 호법은 그 자리에서 먼지처럼 사라졌다.

그와 동시에 주하도 모습을 숨겼는데, 그들 간의 싸움은 서로의 위치를 먼저 파악하는 쪽이 극히 유리하므로, 이렇게 동시에 몸을 숨겨야만 불리한 입장에서 벗어날 수 있기 때문이었다.

제갈토는 밖으로 나왔고, 피월려도 같이 나왔다. 기시준과는 짧은 인사말도 나누지 않았다.

　　　　　*　　　　　　*　　　　　　*

　그들은 또다시 말을 타고 한적한 거리를 걷기 시작했다.

　처음 한동안 제갈토는 말이 없었다. 이를 이상하게 여긴 피
월려가 보니, 제갈토는 왼손에는 기시준이 답을 써준 책자를
펼쳐 들고, 오른손으로 피월려에게 선물이라고 말한 그 주머
니를 만지작거리면서 입으로는 끝없이 중얼거리고 있었다. 전
에 제갈미가 그런 식으로 진법을 짜는 것을 보았던 피월려가
물었다.

　"기문둔갑이오?"

　제갈토는 대답하지 않았다. 그 정도로 그것에 집중하고 있
는 것이다.

　결국 일을 다 마친 그가 그 주머니를 피월려에게 던졌다.

　그것을 받아 든 피월려가 물었다.

　"무엇이오?"

　제갈토가 말했다.

　"눈."

　"눈?"

　"저번 일도 미안하고 해서 주는 거니 받게."

　"설마 눈을 만든 것이오?"

피월려는 주머니를 열어 그 안을 보았다. 그러자 그 안에는 정말로 눈처럼 생긴 공 하나가 들어 있었다. 그 표면에는 미세한 문양들이 가득하여 멀리서 볼 때는 마치 그저 거친 표면인 것처럼 보였다.

그리고 중앙에는 정말 사람의 눈동자인 것처럼 그림이 그려져 있었다.

제갈토가 말했다.

"계산을 부탁한 백 개의 답 중 스물두 개가 거기 쓰였네. 그 정도로 내가 정성을 보였으니, 지난 일은 잊어버려. 복잡하기 짝이 없는 인간의 기관 중에서도 가장 복잡한 눈을 기문둔갑으로 만드는 게 얼마나 힘든 줄 알아? 키힛! 내 칠 주야를 꼬박 새고 만든 거야."

피월려는 그것을 어정쩡하게 들고는 제갈토를 보았다. 그러다가 곧 그의 의도를 눈치채고 말했다.

"계산이 맞는지 틀린지 확인하려는 것 아니오?"

제갈토는 웃었다.

"물론 그런 면이 없지 않아 있네만, 굳이 이걸로 확인하지 않아도 되지. 말했다시피 선물이라니까?"

"……"

"어서 써보게. 눈 안에 그냥 넣으면 알아서 잘 작동할 거야, 암. 내가 만든 거니 부작용 따위는 걱정하지 말고."

피월려는 그 즉시 안대를 벗었다. 그리고 그 눈을 빈 오른쪽 눈에다 바로 넣었다. 그 과감함에 제갈토조차 놀란 표정을 지었다.

조금 어지러운 느낌이 살포시 들더니, 이내 오른쪽 시야가 밝게 보이기 시작했다.

제갈토가 말했다.

"잘 보이시는가?"

"……."

"놀랍지 않은가, 새로운 시야가? 전보다 더 좋은 것일세!"

놀라운 수준이 아니다.

피월려는 자기의 어깨 주변에서 돌아다니는 검은 나비에게서 도저히 시선을 거둘 수 없었다.

"영안(靈眼)……."

제갈토가 탄성을 질렀다.

"이야! 역시 성공했군! 크… 역시 나는 희대의 천재야. 아니, 고금을 통틀어 천재지. 키힛! 세상에 영안을 인공적으로 만드는 일이 고금을 통틀어 있기라도 했던가? 으음… 내 천재적인 지식을 동원하여 중원의 모든 역사를 뒤져봐도 그런 천재적인 일은 존재하지 않지. 내 천재적인 지혜를 동원하여 미래를 생각했을 때, 이런 천재적인 일은 적어도 이백 년은 앞선 일이야. 아무리 생각해도 천재적인 일이 아닐 수 없구만."

"⋯⋯."

피월려는 말이 없었다.

때문에 제갈토는 끊임없이 자화자찬을 이어갔다. 한 식경이 지나도록 멈추지 않던 그의 자화자찬은 결국 피월려의 나지막한 물음에 끝이 났다.

"왜 제게 이것을 준 겁니까?"

제갈토가 말했다.

"갑자기 경어를 쓰다니, 내 몸에서 소름이 돋는군. 하기야, 내 천부적인 솜씨를 보고 경외감이 들어 자연스레 나온 경어이니 그걸 가지고 자네를 탓할 수는 없는 노릇이지. 이해하네."

"왜 제게 이것을 준 겁니까?"

"내 바다와 같은 넓은 마음에서 그런 것이지. 아직도 모르겠는가? 사실 바다에 비교하기에도 부족한 것이 내 아량이고, 내 자비지. 적어도 하늘과 바다 둘을 합쳐야 겨우 비교 대상이 될 것 같군."

"왜 제게 준 겁니까? 이게 마지막입니다. 대답하지 않으면 이 자리에서 부수겠습니다."

제갈토는 또 둘러대려고 하다가 가까스로 혀를 멈추었다. 피월려의 강압적인 눈길을 받은 그는 시선을 앞으로 두었다가 말했다.

"그 눈의 시야는 나에게도 공유된다. 그 눈으로 보는 걸 전부 내가 보지. 그래서 줬다."

"솔직하시군요."

"어차피 그년이 보면 그것을 한눈에 알아볼 터이니 숨길 이유가 없지."

"제 시야를 훔쳐본다니, 당장 부숴도 될 만한 것이군요."

"잘 생각하게. 영안이야, 영안. 입신의 길에 오르는 것이 자네의 목적이 아닌가?"

"……"

"심안과 영안을 동시에 지닌 걸 생각해 보게. 무적 그 자체 아닌가? 무림맹 천장에서 광대처럼 춤이나 춰대면서 밥이나 축내고 꼴에 검 좀 휘두른다고 아무한테나 이래라저래라 명령을 내리는 그 미친놈을 상대할 때도 꽤나 좋을 텐데? 저 남쪽 들산 위에서 지가 황제라도 되는 것처럼 높은 의자에 앉아 광신도들의 아부에 취해 사는 그 색광 마녀를 상대할 때도 좋을 텐데? 입신의 경지에 들어 뿜어낸 완전한 검강은 그 마음의 형상을 취하게 마련. 그것들을 꿰뚫어 보고 온전히 상대하려면, 영안의 힘이 꽤나 필요할 텐데?"

"……"

"자네는 그걸 버리지 않아. 아니, 버릴 수 없지. 애초에 자네가 부술 수 없다는 걸 내가 아니까 준 거야. 아닌가? 버릴 수 없어. 암… 버릴 수 없지. 자네가 그걸 포기하는 건 마치 내가 무림의 평화를 포기하는 것과 같아. 절대 포기할 수 없지."

피월려는 고백할 수밖에 없었다.

"요긴하게 쓰겠습니다."

그러면서 그는 그 위에 안대를 썼다.

제갈토는 얼굴을 냅다 찡그리며 말했다.

"아니! 그렇게 안대로 가릴 거면 왜 쓴다고 했나? 아무것도 안 보이잖아?"

피월려가 말했다.

"연기가 형편없으시군요. 영안이 이런 안대 따위로 가려질 것이 아니지요."

제갈토는 헛기침을 했다.

"크흠, 큼. 뭐, 확실히 보이긴 보여. 키힛! 내 연기가 그리 형편없었나? 내 그래도 그쪽으로 꽤 공부 좀 했는데 말이야."

영안의 시야를 가리는 안대는 제갈미에게 부탁하면 만들 수 있을 것이다.

만약 못 만든다면 그때 가서 부수면 될 일. 피월려는 대수롭지 않게 생각하지 않기로 했다.

피월려가 물었다.

"이번 전투가 어떻게 흘러갈 것이라 보시오?"

"왜 경어가 입에 안 붙나?"

"공적인 일을 논하니 경어를 쓸 수 없소."

제갈토가 쓴웃음을 짓더니 답했다.

"아주 제멋대로구만. 내 알기론 마교에서도 소모품만 보냈는데, 설마 부하들이 죽는 게 염려되어 물어보는 건 아니겠고……. 전에 내가 분명히 평야의 전투가 어떻게 흘러갈지는 나도 모른다고 답했음에도 불구하고 똑같은 질문을 하는 것을 보면 이번에는 내가 알 거라고 예상하는 것이지. 그리고 그 이유는 내가 기시준에게 부탁한 계산을 통해 해법을 찾았을 것이라고 생각하기 때문일 거고. 그걸 떠보는 거지?"

피월려는 대답했다.

"본인이 직접 제갈가의 병법을 실험해 보고자 한다 하지 않았소?"

제갈토는 눈길을 하늘로 돌렸다.

"아, 내가 그랬나? 그런 말까지 했다니, 하여간 이 주둥아리가 문제야. 말이 많다 보니까, 내가 한 말을 전부 기억할 수가 없어서 그래."

"……."

"지금으로서는 예상할 수 없어. 전장에 나가서 지형지물을 살피고 아군과 적군의 정확한 숫자를 고려해야 계산할 수 있는 것이지. 그런데 왜 그렇게 빤히 쳐다보는가?"

피월려는 태연하게 대답했다.

"뜻밖이라 그렇소."

"무엇이?"

"정말로 백도와 흑도 그리고 백운회의 연합이 성공하리라 보시오? 저쪽에서 천 명의 낭인으로 이 연합을 상대하려는 이유는 백도, 흑도, 백운회의 연합이 오히려 역효과를 일으켜서, 그 힘이 겉으로 보이는 힘보다 훨씬 뒤떨어질 것이기 때문이오."

"응? 그래서 그것이 나와 무슨 상관인가? 나는 본 가의 병법서의 계산법만 실험하면 그만이야. 암! 또한 그것이 자네랑 무슨 상관인가? 응? 낙양지부의 소모품들로 이뤄진 자들인데? 그리고 나도 자네도 하북팽가와 어떠한 척을 진 적도 없는데, 이번 전투에서 누가 승리하든 무슨 상관이지? 전혀 상관없지. 안 그래?"

피월려는 날카롭게 말했다.

"어른들이 세상에 대해서 논의하는 데 함부로 끼지 말라고 경고한 장본인께서 이런 어린이들의 일에 낀 이유가 뭘까 지금까지 생각했소. 역시 이번 일 자체엔 아무런 관심이 없었던 것이군."

"없었지. 내가 이번 길에 나선 이유는 자네를 기시준에게 데려가기 위해서이네. 부수적으론 내 병법의 진위도 확인해 보려고 한 것이고. 자네에게 인공 영안도 줘보고……. 앞으론 전쟁이 많아질 터이니, 미리미리 준비해야 하지 않겠나?"

"……."

"나도 하나 물어보지. 자네는 왜 이 길을 나섰나? 나를 따라서 기시준을 만나준 이유는 뭐고? 도박에 가까운 결정이었을 텐데 말이지."

피월려는 대수롭지 않다는 듯 대답했다.

"입신에 오르기 위함이오. 그뿐일 뿐."

각오.

어떠한 것도 피하지 않겠다는 각오.

제갈토는 그것을 눈치챈 순간, 하늘을 우러러보며 광소했다.

"키히히히힛! 히히히힛! 과연! 그 나이에 그런 생각을 품다니, 정말 패기 넘치는군! 정말로 보기 드문 자야. 삼십도 안 넘어 심검을 완성하고, 입신을 바라보고 있다니. 마교에서 구룡사봉을 암살하지 않았다면 우리 쪽도 자네 같은 후기지수가 좀 나왔으려나?"

그의 말투에는 어떠한 분노도 슬픔도 없었다.

지나가는 바람이나 흔들리는 나무에 대해서 말하는 것과 같은 무심(無心) 그 자체.

살해당한 구룡사봉에 자기 아들이 포함되어 있었다는 걸 잊었는가?

피월려가 딱딱하게 말했다.

"본 교는 그 고발을 부정하오."

"암, 그러시겠지……."

피월려는 항상 그에게서 느꼈던 의문을 묻지 않을 수 없었다.

"능수지통, 당신의 목적은 무엇이오?"

"무림의 평화."

"……"

"휘이~ 휘이~ 봄이 되니 새들도 저리 좋아서 날아다니는군. 다만 저놈들이 싸는 똥만큼 귀찮은 게 없지. 혹 사자후라도 할 줄 알면 쫓아주게."

"할 줄 모르오."

"그런가? 키힛. 무공을 익혀서 뭐 하나? 그딴 것도 못하면서. 쯧쯧쯧. 자네도 나에게 개인적인 걸 물었으니, 나도 자네에게 개인적인 걸 하나 묻지."

"물어보십시오."

"어머니 성함이 어떻게 되시나?"

피월려는 순간 당황했다.

"뭐라 하셨소?"

"어머니 성함 말이야. 자네의 과거는 딱히 별로 숨겨진 것도 아니라서 다 알긴 아는데, 모르는 게 있다면 자네 어머니의 이름이라 그러네."

피월려는 순간 자기가 제갈미와 류서하의 어머니에 대해서 캐묻던 기억이 났다.

설마 그것까지도 제갈토가 알고 장난치는 것인지, 간담이 서늘해지는 기분이 들었다.

만약 그렇다면 천마신교 낙양지부의 정보부에 큰 결함이 있는 것이기 때문이다.

피월려는 일단 대답을 했다.

"성은 조 자, 이름은 환환으로 쓰셨소."

"조환환. 흐음, 그래? 자네 말투를 들어보니 북쪽 출신인 거 같은데, 그쪽에 조씨 명가가 하나 있지. 환환이라는 이름은 그냥 지은 것이겠고."

"그것이 무슨 소리요? 아버지는 사냥꾼이었고, 어머니는 평범한 사냥꾼의 아내였을 뿐이오. 명가라니⋯⋯."

제갈토가 기분 나쁘게 웃었다.

"아니, 자네의 어머니는 명가의 여식이였다고 나는 꽤나 확신하네만."

"무슨 근거로 그런 말을 하시오? 어머닌 내게 글도 가르치지 못하셨소."

"하지만 셈은 할 줄 알지 않는가? 기시준의 질문에 대한 자네의 답을 들어보면 알 수 있어. 어렸을 때부터 셈을 교육받지 않았다면 선형적으로 수를 생각할 줄 몰라, 그런 답을 내놓지 못하지. 즉 자네의 어머니는 자네에게 셈을 가르쳤지만 글은 의도적으로 가르치지 않았던 것이야. 정말로 현명한 어머니지. 천출로 태어난 아들에겐 글을 아는 것이 오히려 독이며, 셈을 아는 것은 큰 약이라는 것까지도 헤아릴 줄 알았으니 말이야. 그것이 모든 것을 논리적으로 계산하는 심검에도 도움이 된 것 아니겠는가?"

"억측이 너무 심하군."

"낭인 때는 간간이 마치 형이 있는 척했던 모양인데, 그건 어린 나이에 살아남기 위해 거짓말을 한 것이고, 사실 형도 동생도 없는 외동이지 않나? 자료가 전혀 없으니 맞겠지. 어머니가 일부러 더 아이를 안 낳았을 리는 없고······. 자네 어머니는 자네를 낳고 불임이 된 게야. 원래 귀한 집 여식은 몸이 노동을 몰라서 아이를 낳고 꽤나 고생하지. 옆에서 산후조리를 도와줄 시비도 없고, 단순무식한 사냥꾼 남편이 그걸 해줄 리도 없겠고. 뭐 그대로 불임이 된 것이지."

"참 나."

"또한 남편을 잃고, 기녀 생활을 한 지 몇 년 안 되서 병을 얻고 죽지 않았나? 애초에 기녀로 받아졌다는 건 그만큼 미모가 됐다는 말이고, 어린 자식이 있음에도 그 생활을 견디지 못하고 죽게 되었다는 건 본래 그런 심한 노동에 익숙하지 않은 몸이라는 것……. 어떠한가, 내 추리가?"

피월려는 상당히 기분이 나빠졌으나, 딱히 말로 표현하지 않았다.

그가 비슷한 짓을 제갈미나 류서하에게 했기 때문에, 그걸 그대로 당하니 화가 나기보단 자기의 잘못이 먼저 떠올랐다.

다만 제갈토가 피월려가 한 짓을 알고 놀리려고 하는 것은 아니라는 안도가 들었다.

정말로 제갈토는 순수한 재미로 그런 추리를 했다는 게 표정에서부터 너무 드러났기 때문이다.

피월려가 중얼거리듯 물었다.

"분석이 취미시오?"

"취미라기보단 숨 쉬듯 하는 거라네, 숨 쉬듯. 키힛."

"그럼 나도 능수지통을 분석해 보겠소. 우선 능수지통에겐 몇몇 자식……."

제갈토가 말을 잘랐다.

"이 좋은 봄날에 피를 봐야 직성이 풀리겠는가? 저기, 저 새들도 평화롭게 지저귀는데……."

"누가 보면 내가 시작을 한 줄 알겠소?"

"뭐, 확실히……. 내가 사과하지! 사! 과! 됐나? 그래도 자네 어머니의 출신에 대해서 한 번쯤 의구심을 품어보는 것도 나쁘지 않지. 자네는 혈혈단신(孑孑單身)인 줄 알고 이리저리 빨

빨거리고 돌아다니면서 그리 깝치지만, 혹시 아니라면 대단히 후회하게 될 일이 발생할 테니까. 으응? 혹시 모를 피붙이들이 몰살을 당할 수도 있지 않은가?"

"그것이 사실이라도 그들과 나는 아무런 관계가 없소. 죽이든 말든 알아서 하시오."

"어허… 난 무림의 평화를 사랑하는 사람이라니까 그러네. 심검마가 나를 단단히 오해했어. 눈을 뺀 것도 다 내가 영안을 주려고 계산하고 한 거니까, 너무 마음 상해 있지 말아."

"그랬다면 내 눈을 강제로 빼기 전 먼저 물었을 것이오. 내 눈을 빼고 나서 이후에 영안을 주면 되겠다는 생각을 했다는 건 어린아이라도 알 수 있을 터이니, 말도 안 되는 것으로 날 속이려 하지 마시오."

"아이참, 걸렸구만! 키힛! 뭐 그래도 이해하시게! 응? 더 좋은 거니까. 요즘 젊은이들은 이게 문제야. 다 잘되라고 하는 건데. 당장 아프고 힘들다고 찡찡거리고……. 에휴. 언제쯤이면 이 하늘과 땅, 그리고 바다를 모두 합쳐도 모자라는 내 넓고 깊은 뜻을 알아주려나."

피월려는 기가 차서 기혈이 막힐 지경이었지만, 입을 다물어 버렸다.

더 이상 말씨름을 해봤자, 해소되기는커녕 더욱 기혈이 막혀 주화입마에까지 이를 것이 자명했기 때문이다.

이후의 대화는 계속해서 시비를 거는 제갈토와 끝까지 침묵으로 일관하는 피월려의 심계로 이어졌다. 이내 군수의 저택에 도착하자, 완전히 흥미를 잃어버린 제갈토는 먼저 휑하니 자기 처소로 돌아가 버렸다.

앞마당에선 구양모가 피월려를 기다리고 있었다.

"몸이 상하지 않으셔서 다행입니다. 무슨 일 있으셨습니까?"

"별일 아니었소."

피월려의 단답에 구양모는 얼굴을 구기며 입술을 잘근 물었다.

피월려는 말에서 내려와 자기 방으로 들어가려다가 곧 고개를 돌려 구양모를 뒤돌아보고 말을 이었다.

"일과 백 사이에 있는 숫자가 무엇이라 생각하시오?"

구양모는 뜬금없는 질문에 잠시 당황했지만, 곧 생각나는 답을 말했다.

"십(十) 아닙니까?"

"일과 구는?"

"삼(三)이지요."

"수학를 배운 적이 있소?"

"수학이란 게 뭡니까? 숫자를 공부하는 학문도 있습니까?"

"아니오."

피월려는 고개를 돌려 처소로 향했고, 그런 뒷모습을 보던 구양모가 행여나 들릴까, 낼 수 있는 가장 작은 목소리로 중얼거렸다.

"개자식, 뭔 이상한 소리만 하고 자빠졌어······."

＊　　　＊　　　＊

방으로 돌아온 피월려는 잠을 청하기보다, 운기조식과 명상으로 잠을 대신했다.

낮에 색목인과 싸웠던 경험과 제갈토가 준 인공 영안을 완전히 자기 것으로 하기 위함이었다.

때문에 무아지경(無我之境)에 빠져, 밖의 일을 전혀 인식하지 못했다.

그가 숨을 고르고 눈을 떴을 때, 그의 눈앞에 가장 먼저 보인 것은 다섯이 넘어가는 시체. 주하는 다급한 목소리로 그를 불렀다.

"피 대주님! 눈을 뜨셨습니까?"

"무슨 일이오?"

주하가 사방을 경계하며 빠르게 말했다.

"적입니다. 석가장의 낭인들이 선공한 것 같습니다. 일대주께서 깨어나시지 않기에 제가 지금껏 지키고 있었습니다만,

이미 안양은 전란으로 쑥대밭이 되었습니다."

"석가장에 모인 그들이 어떻게 벌써……. 아니, 일단 기를 가다듬어야 하오."

"운기조식을 끝내신 것이 아닙니까?"

피월려는 품에서 옥소를 꺼내며 말했다.

"음기를 보충해야 하오."

"서둘러 빠져나가셔야 합니다만."

피월려는 오른손에 옥소를 쥐고 왼손으로 태극지혈을 뽑아 역수로 잡으면서 말했다.

"일단은 임시방편으로 음기를 공급받을 수 있겠으나, 온전한 심검을 펼칠 순 없소."

"알겠습니다. 그럼 앞으로는 암공으로 엄호하겠습니다."

주하는 먼지처럼 사라졌고, 피월려는 자리에서 일어나 밖으로 나갔다.

저택은 사방에 보이는 시체들로 가득했다. 마당에, 벽에, 담에, 창에, 문에……. 한 폭의 잔인한 그림이라고 생각될 만큼 비현실적이었다.

아침 해가 아직 떠오르기 전, 컴컴한 어둠이 내려앉은 안양 곳곳에선 화마가 일어나고 있었다.

또한 그곳에서부터 울리는 비명들… 방향을 가리지 않고 울리는 단말마가 귓가를 자극했다. 피월려와 유한, 그리고 제갈토가 묵던 군수의 저택뿐만 아니라 안양 전체가 전란에 휩싸인 것이 분명했다.

피월려는 양손으로 공급되는 음기를 받으면서 그때마다 극양혈마공의 양기와 융합하여 태극음양마공의 마기로 환산했다.

그러나 그 양이 매우 미약하여 검기 한두 번으로도 모조리 사라질 양이었다.

위험하다면 극양혈마공의 양기를 그대로 사용해도 되지만, 그랬다간 양기와 음기의 조화로 만들어진 태극음양마공에 어떤 악영향을 미칠지 미지수였다.

"일단은 유한을……. 이니, 이 상황에 백도, 흑도, 황도가 함께할 수 있을까? 못 하지. 평야에서 적을 마주 보고 전면전을 해도 섞일까 말까인데……. 이 분란을 노리고 과감히 선공을 한 것이군. 그렇다면 우선 본 교의 마인들을 찾아야 한다."

마교인들은 안양의 서쪽에 자리를 잡았다. 안양은 그리 큰 도시가 아닌지라 천 명에 달하는 외부인들을 수용할 수 없었기에, 그들은 성 밖 농경지에 각각 따로 자리를 잡았었다. 마인들이 있던 곳은 서쪽으로, 군수의 저택에서 대략 삼 리 정도 떨어진 곳이었다.

피월려는 꾸준히 음기를 흡수하면서 걸음을 옮기기 시작했다.

그러다가 저택의 대문 앞에서 익숙한 얼굴을 보았다.

"일대주님!"

삼소의 반가운 목소리였다. 그는 피월려를 보고 순간 힘이 풀렸는지 검끝이 바닥을 향했는데, 이를 본 피월려는 등에서 태극지혈을 뽑아 들고 즉시 내력을 모두 쏟아부어 검기를 두 차례 뿜었다.

"으악!"

"억!"

갑자기 담벼락 위해서 튀어 올라와 삼소의 머리를 찍으려던 두 낭인 무사는 피월려의 검기에 목이 잘려져 나갔다. 핏물에 흠뻑 젖게 된 삼소는 얼굴을 닦으면서 웃었다.

"감사합니다."

"방심하지 마시오, 삼단주."

"일대주께서 무사하셔서 다행입니다. 제가 술을 사기로 했었는데, 참……. 이렇게 뵙게 되는군요."

피월려가 물었다.

"본 교의 마인들은 어디 있소?"

"대략 한 시진 전에, 북쪽에서부터 천 명의 낭인들이 기습했습니다. 저희만으로는 역부족이어서 성 안으로 대피하기 이르렀고, 혼란을 틈타 다시 역으로 성 밖으로 나왔습니다. 그 중 저와 몇몇 단주들이 성안에 남아 일대주님을 모시기 위해

온 것입니다만, 오는 중에 저만 살아남았습니다."

피월려는 어둠 속에서 활활 타오르는 화염들을 둘러보며 말했다.

"그렇다면 저건 성안에 진입한 낭인들이 약탈을 하는 것이 군. 전투에 흥분한 낭인들이 지휘를 벗어나 개인적인 욕망을 채우는 것이지. 하북팽가의 지휘를 따라서 그러는 것이 아니 야……. 낭인들의 시선을 잘 돌렸군."

"안양의 백성들에겐 안됐습니다. 하지만 저렇게라도 하지 않는다면 백운회와 백도의 고수들이 나서줄 것이라는 확신이 없었습니다. 그들은 저희들이 죽게 내버려 둘 확률이 높지 않 습니까?"

"필히 그리했을 것이오. 누구 생각이오?"

"구 대주님의 생각입니다."

"구 대주는 어떻게 되었소? 그리고 피해 상황은?"

"구 대주께선 지금 살아남은 오대원들을 통솔하고 계십니 다. 총 오십이 죽었습니다만, 살아남은 백오십 중 백여 명이 마성에 시달려 전투 불능입니다. 대부분 폭주 뒤 마공을 잃어 버리거나 선천지기를 모두 사용하여 탈진한 상태입니다."

"반이나 마성에 젖었단 말이오? 그 정도로 치열한 전투였 소?"

"적들 중 환술을 쓰는 자가 있어……."

말을 삼킨 삼소는 장대검을 양손으로 붙잡았고, 이에 피월려도 태극지혈에 내력을 불어넣었다.

다섯이 다 같이 피월려와 삼소에게 돌진했다. 둘은 창을, 둘은 검을, 나머지 한 명은 쇠사슬로 칭칭 감은 도끼를 들고 있었다.

각양각색의 얼굴과 옷차림에 공통점이 전혀 없었다.

도끼를 든 낭인무사는 보통 사람보다 두 배는 큰 키와 세 배는 큰 덩치를 가지고 있었다.

그가 도끼를 던지자 그것은 횡으로 길게 반원을 그리며 삼소에게 날아왔다.

삼소가 장대검으로 그 도끼에 연결된 쇠사슬을 내려쳤는데, 완전히 파괴되어야 할 그것은 전혀 손상이 없었고, 곧 장대검을 칭칭 감기 시작했다.

도끼를 내던진 사내가 회심의 미소를 지으며 잡아당겼고, 장대검을 포기할 수 없었던 삼소는 그대로 질질 끌려가기 시작했다.

선천적인 장사인 삼소와 힘의 대결에서 밀리지 않는 그 낭인무사도 꽤나 힘이 타고난 장사인 것 같았다.

그리고 끌려간 삼소의 얼굴로 날아오는 두 창끝.

공중에 부유하듯 움직인 피월려는 순식간에 삼소의 앞에 나타났다. 그리고 그것만으로 두 창끝과 함께 그것을 내지른

두 사내의 목이 잘려 나갔다. 검을 휘두르는 것은 보이지도 않았다.

이를 보고 너무 놀란 사내가 도끼에 연결된 쇠사슬에 힘을 잠시 주지 못했다.

삼소는 이를 놓치지 않고 장대검을 잡아당겼고, 그 사내는 그 힘에 그대로 앞으로 끌려 나왔다.

그를 기다리는 건 피월려의 태극지혈. 목이 꿰뚫리자, 피거품을 입에 물며 쓰러졌다.

피월려의 오른쪽과 왼쪽에 선 두 사내가 검집에 손을 가져갔다. 피월려는 검에 내력을 주입하면서 오른쪽으로 크게 베었다.

"왼쪽도 있습니다!"

삼소의 외침이 무색하게도, 왼쪽의 사내는 검을 휘두르려는 척하고 그대로 경공을 펼쳐 달아났다. 그와의 합공을 믿었던 오른쪽의 사내는 배신감이 가득한 눈빛을 하고 두 동강이 났다.

"낭인들이오. 게다가 내 전속대원도 함께 있으니, 걱정할 것 없소."

"……"

피월려는 검을 거두고 등에 멘 검집에 넣었다. 그와 동시에 도망가던 낭인이 어디선가 나타난 비도에 뒤통수를 맞고 그대로 꼬꾸라졌다.

"그래서 그 환술을 쓰는 자들은 어떤 환술을 썼소? 혹 용의 모습을 보지 않았소?"

삼소가 고개를 끄덕였다.

"맞습니다. 아시는 환술입니까?"

"그것은 정신과 마음을 흔들기에 마인들에겐 치명적이지. 반이나 폭주했을 법하오. 그럼에도 불구하고 오십이나 살았다면 다행이오. 용이 설마 하북팽가의 배후에 있을 줄은 꿈에도 몰랐군."

삼소가 담담하게 말했다.

"그래도 마성이 폭주하지 않았다면 아마 몰살했을 겁니다. 아시다시피 마성이 폭주하면 적도 아군도 없지만, 그 힘만큼은 강력하지 않습니까? 구 대주께서는 그 힘을 잘 이용하면서 후퇴하셨습니다. 일단 서쪽으로 가시지요."

"아직 내력이 온전치 않아 경공은 펼칠 수 없소."

"그럼 말을 타는 것이 빠를 듯합니다. 혹 저택의 마구간이 어디 있는 줄 아십니까?"

"이미 다 처리하지 않았겠소? 저택 안도 마찬가지로 사방이 시산혈해를 이루고 있었소. 아마 걸어야 할 것이오."

"다수의 적을 상대해야 할 것입니다. 일대주님과 함께하니 영광입니다."

"길 안내를 하시오."

"존명."

피월려와 삼소는 함께 빠른 걸음을 걷기 시작했다. 서쪽을 향해 나아가는데, 보통 길거리에도 선혈이 낭자한 시체들이 심심치 않게 보였다.

범인과 무림인 가릴 것 없이 모두 죽어 있거나 신음을 흘리며 죽어가는데, 이런 것이 아수라장이 아닌가 하는 생각이 들었다.

"천 명의 낭인이 모두 본 교의 마인들만 공격했다는 것이 이상하오."

피월려의 말에 삼소가 대답했다.

"저도 그렇습니다. 낭인들이라면 오히려 백도에 앙금이 더 심할 텐데 말입니다."

"군사훈련을 받은 백운회의 고수들이나 조직적인 진법을 쓰는 백도보다 흑도를 공격하는 게 맞긴 하오. 그러나 보통 흑도 고수들이 아닌 천마신교의 마인이오. 마공을 익힌 이백의 고수는 전자의 경우들만큼이나 위협적인 건 마찬가지오."

"대주님 말이 맞습니다. 자기 생명을 아끼지 않는 마인만큼 무서운 고수도 없습니다. 생사혈전이라면 필히 피해야 하는 것이 마인입니다. 그럼에도 하북팽가에서 고용한 천 명의 고수가 우리를 선택하여 쳤다는 건, 역시 백도세력이나 백운회에서 하북팽가와 결탁한 것 아니겠습니까?"

"……."

"대주님?"

"오른쪽이오."

삼소는 그의 말에 왼쪽으로 보법을 밟으며 장대검을 오른쪽으로 크게 휘둘렀다.

그를 공격하려던 무림인은 백운회의 고수로 살기등등한 눈빛을 하고 있었는데, 삼소의 검을 손쉽게 피하면서 초식을 이어가는 것이 상당한 고수인 것 같았다.

삼소가 사용하는 장대검은 무게와 마기로 상대를 압살하는 전형적인 패검(敗劍)인 데 반해, 백운회의 고수의 검공은 그런 패검에 극상성인 유검(流劍)이었다.

하나같이 호리호리한 체형을 가진 백운회의 고수들은 자기보다 덩치가 두 배나 크고 내력을 세 배나 더 많이 쓰는 자들을 상대로도 승리하는 경우가 잦은데, 이는 백운회의 검공 자체가 흐름을 중요시하여 상대방의 힘을 역이용하는 데 탁월하기 때문이다.

삼소는 장대검에 가공할 내력을 넣고 그것을 선천적인 괴력으로 휘두르고 있음에도, 백운회 고수에게 작은 일격조차 성공시키지 못했다.

오히려 그의 장대검 끝이 백운회 고수의 검끝에 붙어버린 듯했는데, 이는 유검의 정점인 연리지회가 나타난 것이다.

삼소는 계속해서 피월려의 눈치를 보았다. 그러나 피월려는 그를 도와주지 않고 지켜보고만 있었다.

피월려의 마음을 깨달은 삼소는 피월려의 도움을 기대하는 마음을 버리고, 좀 더 적극적으로 검을 휘두르기 시작했다. 그러자 백운회 고수는 점차 뒤로 물러나기 시작했고, 종국에 는 삼소의 괴력에 검이 부러져 버렸다.

캉!

검이 부러진 백운회 고수는 기혈에도 충격을 받았는지 입 으로 선혈을 내뿜었다.

이를 놓치지 않고 피월려는 그에게 빠르게 다가와서 뒷목 을 가격했다.

"커억."

그 백운회 고수는 눈꺼풀을 뒤집으면서 쓰러졌다. 이를 본 삼소는 숨을 가다듬으며 피월려에게 말했다.

"제가 홀로 상대하게끔 놔두신 겁니까?"

피월려는 도리어 물었다.

"왜 끝까지 힘을 쓰지 않았소?"

"예?"

"충분히 죽일 수 있었을 텐데."

"…아직 그들과 동맹 관계에 있으니, 목숨을 빼앗을 수는 없다고 판단했습니다. 대주님도 그래서 나서지 않으신 것 아닙니까?"

"……"

딱딱하게 굳은 피월려의 표정을 보고 삼소는 뭔가 잘못되었다고 느꼈다.

그는 애써 웃으면서 뒷목을 긁적거렸다.

"심려를 끼쳐 드려 죄송합니다. 구 대주께서도 제가 정이 너무 많다고 항상 핀잔을 주곤 합니다. 하하하."

피월려는 주변을 살피면서 말했다.

"만약 죽이길 원하지 않았다면, 내가 명으로 내렸을 것이오. 기타 명령이 없으면 항상 끝까지 처리하시오."

"존명."

그렇게 말한 피월려는 그 백운회 고수의 목에 손을 대고 내력을 불어넣었다.

그러자 그 고수는 깜짝 놀라듯 깨어났는데, 이를 본 삼소는 피월려의 의도를 몰라 어리둥절했다. 죽이라고 해놓곤 정작 본인은 죽이지 않은 것이다.

피월려가 백운회 고수에게 물었다.

"왜 우리를 공격했지?"

백운회 고수가 이내 상황을 파악했는지, 다시 살기등등한 눈빛으로 크게 외쳤다.

"네놈들이 일반 백성을 방패막으로 삼지 않았더냐? 더러운 자식들!"

"그럼 진작 와서 도와줬어야지. 이백이 천을 상대하라고 가만히 놔둔 너희들이 할 말은 아닐 텐데?"

"백운회의 상황도 여의치 않았다. 백도 놈들이 뒤통수를 쳐서 그놈들을 도륙해야 했으니까! 네놈들은 생명을 모두 바쳐서라도 그 무식하기 짝이 없는 낭인 놈들이 일반 백성들을 유린하는 것을 막아야 했다. 전장에서 도주한 마교 놈들은 모두 탈영한 것이고, 탈영은 이유를 불문하고 사형이다!"

이런 상황에도 군법을 준수하려는 그 고수는 칼같이 강직한 심성의 사람이었다. 피월려는 그가 처음에 언급한 것을 좀 더 물었다.

"백도 놈들이 뒤통수를 쳤다? 그건 무슨 말이지?"

백운회 고수는 기분 나쁜 미소를 지었다.

"네놈들은 아직도 모르는가? 흑도의 왕 노릇을 한다는 마교도 별거 아니구나!"

피월려는 멱살을 쥐면서 마기를 내뿜으며 물었다.

"제대로 대답하지 않으면 치아를 하나씩 뽑아주마. 대답해라. 무슨 일이 있었느냐?"

"네 마음껏 뽑아라, 천한 것! 거기에 내가 굴복할 성싶으냐?"

말투를 들어보니, 군부에 들어온 고귀한 귀족의 자제인 것 같았다.

피월려는 중얼거렸다.

"시간이 없어서 고문은 불가능하겠군."

삼소가 말했다.

"후환이 없게 죽여야 합니다."

피월려는 손날을 날려 그자의 뒷목을 다시 내려쳤다. 백운회 고수는 그대로 눈을 뒤집으며 쓰러졌는데, 죽은 것인지, 기절한 것인지 알 수 없었다.

"안내하시오."

"존명."

피월려의 명에 삼소는 앞장서서 걸으면서 말을 이었다.

"백운회와 백도세력 간에 분란이 있었던 모양입니다."

"저리 살기등등한 것을 보면 분란쯤이 아니라 아예 전투를 치른 것 같소."

"설마 그들이 서로를 향해 칼을 겨누었겠습니까? 무슨 연유에서 그렇게 했겠습니까?"

"모르는 일이지. 하나 분명한 건, 그들 중 하나는 하북팽가와 결탁했다는 것이오."

"예?"

"하북팽가의 낭인 천 명이 본 교의 고수를 기습한 시기와 비슷하게 백도와 백운회 간의 전투가 발생한 것으로 보이오. 이는 하북팽가에서도 이 분란을 알았기 때문에 가장 멀쩡한 본 교를 기습했다고 봐야 하오. 서로 간의 약속이 있지 않고서는 이런 우연이 일어날 수가 없소."

"그럼 역시 예상대로 백도세력이 하북팽가와 결탁한 것이 아니겠습니까?"

"그건 아직 모르는 일이오."

"……"

"저 앞에 서문이 보이는군."

서문은 완전히 폐허가 되어 있었다. 반쯤 부서진 집이 반이고, 화마에 휩싸인 집이 반이였다. 멀쩡한 벽은 단 하나도 없었고, 그 위에는 사람의 시체가 하나둘쯤 빨래처럼 널려 있었다.

그 시체들의 피가 땅을 적셔 마치 이슬비가 온 것같이 땅이 질척거렸다.

서문의 주변엔 지금까지 본 시체들과 다르게 마인의 것이 압도적으로 많았다.

삼소가 마인들이 서문으로 들어오면서 천 명의 낭인을 상대했다고 했는데, 그 말이 진실이라 믿을 수밖에 없을 만큼 치열한 전투의 흔적이 가득했다.

마성에 젖은 채 백발이 되거나 노인이 된 마인들의 시체도 보였고, 그 광활한 힘에 휩싸여 떼로 죽임을 당한 낭인고수들의 시체도 보였다.

아직 죽음에 이르진 않았지만, 오늘 해가 뜨기 전에 혼이 떠날 만한 중상을 입은 자들도 수두룩했다.

피월려는 서서히 걸음을 멈췄고, 이에 삼소도 같이 걸음을 멈추었다.

피월려는 천천히 주변을 둘러보다가 이내 나지막한 목소리로 중얼거렸다.

"삼소의 사지를 봉하시오."

"예? 무슨……. 크아악!"

네 번 날아온 비도는 정확히 삼소의 사지를 꿰뚫었다. 삼소는 장대검을 놓치며 바닥에 쓰러졌고, 피월려는 그에게 천천히 다가오며 말을 이었다.

"처음의 의심은……. 뭐, 사실 혼자 왔을 때부터였소. 혼자 나를 모시러 왔다는 게 너무 이상해서 말이오. 그리고 백운회의 고수를 상대하는 것에 있어서도……. 연기는 꽤 훌륭했으나, 마지막에 목숨을 취하지 않은 것이 다시금 의심하게 만들었지. 그랬다가 내가 정보를 캐내려 하자 갑자기 마음을 돌려 죽이자고 하질 않나……. 그리고 가장 확실하게 알게 된 건 바로 시체의 양. 마공으로 폭주한 마인의 시체가 백을 한참 넘겼을 때였소. 사실 오십의 마인이 살아남은 것이 아니라 여기서 모두 몰살을 당한 것이 아니오?"

삼소의 표정에선 지금까지 피월려를 향해 있었던 동경이나 존경심은 눈곱만큼도 찾아볼 수 없었다. 대신 아무런 감정이 없는 인형의 무표정뿐이었다.

"이미 늦었다, 용안의 주인⋯⋯."

피월려는 미소를 지었다.

"용이었나? 장대검을 휘둘러대는 선천적인 힘도 그렇고⋯⋯. 역시 그랬군. 그런데 궁금한 것이 있어. 내 경험상 용아지체의 뼈는 내력을 거부하는 걸로 알고 있는데, 너나 서화능은 마공을 익히고 마기를 사용하는 데 지장이 없는 것 같아? 그건 왜 그런 거지?"

"어차피 죽을 놈이니 알 필요 없다."

목소리는 다른 곳에서부터 들려왔다. 피월려가 고개를 돌리자 서문에서부터 일남이녀(一男二女)가 나타났는데, 각각 그 뒤로 반쯤 투명한 용의 형상을 옷처럼 입고 있는 것이 모두 청룡궁의 용임이 분명했다.

그들은 모두 검을 가지고 있었고, 남자만 다른 손에 륜을 들고 있었다.

당장에라도 피월려를 공격하기 위해 만반의 태세를 갖추고 있었다.

피월려에게 말을 한 남자가 다시 말을 이었다.

"용조는 오히려 네놈을 살려두자는 쪽이었다. 네놈과 대화하여 회유하자고 주장했지. 네놈이 그를 직접 죽인 이상 더이상의 대화는 없다, 용안의 주인. 큰 실수를 한 거야, 아주 큰 실수를. 용조를 죽인 대가를 톡톡히 치르게 해주마."

피월려는 흥미롭다는 듯 웃었다.

"하북팽가와 청룡궁이라⋯⋯. 삼단주가 백도세력이 하북팽가와 결탁한 것이 아니냐고 나를 설득했다는 점을 보면, 정말로 하북팽가와 결탁한 것은 백운회가 맞겠지. 그렇다면 이는 황궁까지도 한패라는 것이고. 이거 굉장히 흥미로운 것 같아? 황궁과 하북팽가가 결탁을 했다? 그럼 이 모든 게 무엇을 위한 것이란 말이지?"

사지에서 피를 흘리던 삼소가 씹어뱉듯 말했다.

"무림인의 숫자를 줄이기 위해서지⋯⋯."

"그럼 청룡궁은 왜 돕는 것이지?"

"그건 네가 알 필요 없다, 용안의 주인."

"큭, 크흐흐."

피월려는 점차 속에서 끓어오르는 분노를 다스리며 나지막하게 말을 이었다.

"징병을 안 한 것이 아니라, 할 필요가 없었군. 서로 싸우는 것이 아니니까! 설마 이렇게 속을 줄이야. 게다가 제갈토도 속은 것인가? 아니지⋯ 백도가 먼저 뒤통수를 쳤다는 걸 보면,

마지막에 가서 알아챈 것인가? 대단해, 정말 대단해. 너무 대단해서 갈가리 찢어버리고 싶어."

피월려의 몸에서 양강지기가 은은하게 흘러나오자, 이를 걱정한 주하가 전음을 보냈다.

[극양혈마공의 마기를 사용하시면 안 됩니다! 전보다 쉬이 마성에 젖으실 겁니다. 피 대주께서 환각의 영향에 좀 더 자유롭다고 하나, 불안전한 극양혈마공은 어떻게 될지 모릅니다.]

"알고 있소. 겨우겨우 다스리는 중이니 너무 큰 걱정 마시오."

[제가 엄호하겠습니다. 그동안 후퇴하는 것이 좋을 것 같습니다.]

"후퇴하기 전에 한번 시험해 볼 만한 것이 있소."

[하지만!]

"믿어보시오."

피월려를 지켜보던 남자가 말했다.

"호법과 말을 하는 것 같은데, 그 말을 듣는 게 좋을 것이다. 물론 그냥 놔주지도 않겠지만."

피월려가 말했다.

"방도가 있다니까 그러네."

"용조 하나도 버거웠을 텐데 우리 셋을 상대로 무슨 방도?

허세 부리지 마라. 참고로 이백의 마교인도 우리 손에 마성이 폭주하여 죽은 것과 마찬가지. 낭인들은 그저 거들 뿐이었다. 한데 그들보다 더 지독한 마공을 익힌 네가 우리의 환술을 견딜 수 있으리라 생각하느냐?"

피월려는 사악한 미소를 지으며 어깨를 들썩였다.

"소환술(召喚術)을 쓰면 되지."

"소환술? 네놈이 무슨 술법이라도 익혔다는 것이냐?"

"뭐, 동반자살술(同伴自殺術)이라고도 할 수 있겠군."

"갑자기 무슨 소리냐?"

"혹시 본 교의 현무인귀 박소을을 아는가?"

"내가 그 이계 놈을 설마 모를까?"

"그에 대한 비밀을 알려줄까?"

"뭐?"

"그는 단순히 공간을 초월한 것이 아니라 시간조차 넘었다."

피월려는 혹시나 하는 마음에 주변을 살펴보았는데, 아무런 일도 일어나지 않았다. 휑한 바람만 그 사이를 지나갈 뿐이었다.

실망한 표정의 피월려를 이상하게 여긴 남자가 물었다.

"그 사실을 용조에게 들었나? 아니면 원래부터 알고 있었나?"

피월려가 대답했다.

"글쎄?"

"어찌 됐든 상관없지. 용조를 죽인 것만으로 이미 네놈은 청룡궁의 적이다. 네놈을 옹호하는 놈을 죽인 자신의 어리석음을 탓해라!"

"잠깐! 내 말을 들어라."

피월려의 말에 막 검을 출수하려던 남자가 눈을 부릅떴다.

"수작 부리려거든 관둬라."

말은 그렇게 했지만 들어볼 의향은 있는 것 같았다. 이는 대화가 가능한 상대라는 것이고, 피월려에게는 오히려 그런 쪽이 더 다루기 쉬웠다.

잘만 하면 소환술이 가능할 수도 있다.

"용조가 말하길, 내가 박소을의 꼭두각시라 했다. 그 의미가 무엇인지 알아야겠다."

"그런 거짓부렁이 통할 것 같으냐?"

"정말이다. 박소을의 정체도 용조가 알려주었다. 그가 이계에서부터 공간과 시간을 넘어왔다는……."

그 남자가 눈을 가늘게 뜨고 물었다.

"그럼 용조는 네가 죽인 것이 아니라는 말이냐?"

"아니다."

"그럼 누가 죽였느냐?"

"색목인이었다."

"색목인?"

"이상한 술법을 쓰는 자였지. 나에겐 전혀 관심이 없었는지, 용조만 죽이고 그대로 사라졌다."

"그걸 왜 처음부터 말하지 않았지?"

"하북팽가, 무림맹 그리고 백운회와의 일이 먼저 떠올랐기 때문이다. 그 사실에 충격을 받아 당신들이 용조와 관련되어 있다는 걸 생각지 못했다."

"……."

"박소을에 대해서 알려줘라. 왜 내가 꼭두각시라는 것이냐? 그리고 왜 청룡궁에선 내 목숨을 노리는 것이고?"

그 남자는 잠시 고민하다가 칼을 들며 말했다.

"말할 수 없다, 용안의 주인."

"왜?"

"그것조차 말할 수 없다."

"그럼 내가 너희를 도울 수 없다는 걸 이해하겠군."

"……."

그가 말을 하지 않자, 그의 뒤에 있던 두 여인 중 키가 큰 여인이 그 남자에게 말했다.

"오라버니, 그를 회유할 수 있다면 일을 손쉽게 풀 수 있어요."

그는 이를 으득 갈더니 신경질적으로 말했다.

"넌 항상 용조를 옹호했지. 그가 용안의 주인 때문에 죽은 것을 모르느냐?"

"그렇기에 더욱 그의 유지를 잇고 싶어요."

피월려는 기회를 놓치지 않기 위해 잽싸게 그 여인에게 외쳤다.

"박소을은 어떤 자요? 그가 어찌 시공을 넘어 중원에 온 것이오?"

그 여인은 한 발자국 앞으로 나가며 말했다.

"여기선 말하기 위험해요. 저희와 같이 청룡궁에…… 아니, 그 지척만이라도 같이 간다면 전부 말해줄 수 있어요. 하지만 이곳에선 말할 수 없어요. 진실을 알고 싶다면 우리와 같이 하북팽가로 가요."

"내가 그럴 수 없다는 건 소저도 잘 알 것이오. 증거를 보이시오."

"……"

그 여인은 뭐라 더 말하려 했지만, 그 남자가 그 앞을 가로막으면서 검을 강하게 붙잡았다.

"됐다, 용안의 주인. 이 말로 회유할 수 없다면 더는 어쩔 수 없다. 여기서 죽음을 맛보든, 일단 우리와 동행하든 둘 중 하나를 선택해라."

피월려는 그들이 박소을에 대해서 더 이상 말하지 않을 것이라 생각했다. 그는 아쉽다는 듯 미소 지으며 태극지혈을 역수로 뽑아 들었다.

"소환술이 실패하여 아쉽게 되었군. 그렇지만 이백이나 되는 내 수하를 죽인 놈들과 하하, 호호 즐겁게 담소를 나누며 내 발로 하북팽가로 걸어갈 리가 없지 않은가?"

그 남자는 비릿한 미소를 지었다.

"아, 소환술이 그런 뜻이었나? 용조가 말하길, 용안의 주인은 꽤나 유쾌한 놈이라고 하던데. 그게 이런 뜻일 줄은 몰랐군."

"아무렴."

피월려는 태극지혈로 바닥에 있던 삼소의 목을 찔렀다. 삼소는 사지를 쓸 수 없어 그 기습으로 인해 뚫린 목을 부여잡고 피거품을 물며 쓰러졌다. 그 즉시 일남이녀의 눈빛에 살기가 떠올랐다.

빼 든 태극지혈의 검끝을 지그시 바라보며 피월려가 웃었다.

"대화의 창을 닫은 건 그쪽이야. 인질이 죽는 건 당연한 수순이고. 내가 죽인 게 아니라 네놈이 죽인 것이다. 그러니 내 탓 하지 마. 흠, 이번엔 검의 내력이 빨리지 않았군…… 이상해."

"네 이놈!"

일남이녀는 하나가 되어 피월려에게 달려들었다. 그와 동시에 피월려는 안대를 벗었다. 영안이 어떤 힘을 발휘할지, 너무나 기대가 되었다.

그의 마음속은 호승심으로 가득 차서 죽어버린 이백의 수하의 원한 어린 비명이나 유린당하는 안양의 백성들의 고통 어린 신음 소리는 전혀 들어오지 못했다.

제팔십삼장(第八十三章)

심안(心眼).

본래 심안은 입신의 경지에 도달한 조화경의 고수가 자연스레 얻는 것 중 하나로 외우주와 소우주의 합일로 인해 자연스레 밖의 기운을 읽고 그 속의 기운을 깨닫는 것에 익숙해진 것을 뜻한다.

흔히 말하는 눈빛 하나로 사람의 마음을 꿰뚫는 능력으로, 감각적인 독심술(讀心術)이라 생각할 수도 있다.

용안심공(龍眼心功)은 사람의 겉에서 흘러나오는 모든 정보를 모아 분석하여 결과를 도출하는 것을 체계적으로 갈고닦아 심안에 이르는 심공이다.

총 세 가지 단계로 나누는데, 제일안(第一眼) 직시(直視)를 통하여 객관적으로 보고, 제이안(第二眼) 투시(透視)를 통하여 그 안을 보며, 제삼안(第三眼) 심시(心視)를 통하여 마음으로 보게 된다.

이렇게 심시에 달한 용안은 심안과 동일한 효과를 내는데 검공의 극에 이른 자가 이를 얻게 될 경우, 무림에서 말하는 전설적 경지인 심검(心劍)을 자유자재로 펼치게 되며, 이것이 바로 현재 피월려가 오른 경지이다.

심계에서 절대적인 우위를 가진 그의 검을 상대하면, 마치 마음을 완전히 읽힌 것이 아닌가 하는 착각이 든다. 심검마란 그의 별호도 이를 잘 대변하고 있다.

하나 용안심공의 끝자락은 심안에 불과한 것이 아니다. 피월려도 처음엔 그런 줄 알았으나, 이를 만든 조진소가 단순한 무림인이 아니라 신비문파인 청룡궁의 사람임을 생각한다면, 그저 심안을 개안하기 위해 만든 무공이 아니라는 것을 알 수 있다.

용조도 죽기 전 언급했듯이 용안에는 예지력이 있어 미래를 보는데, 이는 단순히 사람의 마음을 읽는 심안과는 큰 차이가 있었다.

사람의 심리를 파악하여 다음 행동을 아는 것은, 미래를 본다는 것과 동일한 것이 아니라 후자에 포함되는 하위 개념이다.

용안심공의 마지막 말인 예관미래(豫觀未來) 역시 미래(未來)라는 말을 정확히 쓰고 있으며 이것을 단순히 사람의 심리를 빗대어 말하는 것과는 거리가 멀었다.

즉 용안은 심안과 동일하지 않으며, 심안을 포함한 더 큰 개념이다.

피월려는 지금껏 불확실하게 품어왔던 그 의문들에 대해 이젠 확실히 깨달았다.

영안(靈眼)을 통해 비춰진 이면의 세상조차도 아무런 걸림돌 없이 해석하는 용안이 단순한 심안이라고만 생각할 수 없기 때문이다.

용안은 근본(根本)을 본다.

그렇기에 사람을 볼 땐 그 근본인 마음을 보는 것이지, 본래부터 사람의 마음만을 읽은 독심술이 아니다.

영안을 통해 용이 보인 경우라면, 그 또한 그저 용의 근본을 볼 뿐이었다.

"각(角)……."

피월려의 중얼거림에 일남이녀의 살기등등한 눈빛에 놀람이 가득 차올랐다.

당장에라도 칼부림을 낼 듯 돌격하다 하나같이 약속이라도 한 듯 중간에 우두커니 서버린 것이다.

두 여인은 당황한 표정으로 사내를 보았고, 사내는 두 눈을 모았다.

"용각(龍角)이 보이나 보군……."

피월려는 고개를 저었다.

"아니… 뿔이 아니야."

체념한 듯 사내가 말했다.

"그래. 육신을 이루고 남은 송곳니의 끝부분이 뿔처럼 돋아난 것이다."

피월려의 영안으로 보이는 이면의 세계에선 일남이녀의 머리 위에 뿔 같은 것이 돋아나 있었다.

남자는 뾰족한 독각(獨角)이었고, 두 여인은 둥그런 쌍각(雙角)이었다.

머리가 아파온다.

용조가 말한 것이 정말로 전부 사실인 것인가?

용의 이빨에서 태어나는 자들.

그런 자들이 정말 실재하는 것인가?

들끓던 호승심이 한 번에 증발한 것 같은 기분을 느낀 피월려는 허무한 목소리로 중얼거렸다.

"용아지체(龍牙之體). 말 그대로 육신이 용의 이빨로 이뤄진 것이군……."

그 남자가 말을 이었다.

"네가 용각을 볼 수 있다고 달라지는 것은 없다, 용안의 주인. 청룡궁의 용을 네 손으로 죽인 이상, 이미 척을 진 것이다."

살기 어린 목소리에도 피월려의 마음은 평안하기만 했다. 사색에 사로잡혀 사내가 하는 말이 좀처럼 귀에 들리지 않았기 때문이다.

용안심공은 겉을 보고 속을 추측하여 그 근본을 본다고 하였다.

만약 영안으로 속을 그대로 볼 수 있다면 속을 추측하는 데 지나지 않은 용안심공은 의미를 잃어버리는가?

아니다. 그랬다면 용각이 보이지 않았을 것이다.

용각이 보이는 이유는 '속'을 보고 '겉'을 추측한 결과이다. 영안으로 그들의 진정한 정체인 용을 보게 되자, 그 근본인 용각이 현실에 나타난 것이다.

이는 용안심공이 단순히 겉을 보고 속을 추측하는 것이 아니라 속을 보고 겉을 추측하는 것도 가능하다는 것이다.

겉으로 속을 추측하는 것과 속으로 겉을 추측하는 것. 이 둘에 무슨 차이가 있단 말인가?

그런 의미에선 심안을 발현한 용안심공조차도 반쪽자리일 뿐이다.

단순히 겉으로 속을 인지하는 것이 아니라, 그 반대도 동시에 이루는 것이 진정한 용안심공.

지금까진 겉에서 속으로 한쪽으로만 흘렀다면, 지금은 양쪽으로 동시에 흐른다.

겉과 속을 육안(肉眼)과 영안(靈眼)으로 동시에 보며 이의 상호관계를 용안으로 해석한다.

이것이야말로 진정으로 이 세상의 모든 것을 한눈에 보는 것.

사람은 왜 미래를 어렴풋이 아는가?

이는 세상을 어렴풋이 보기 때문이다.

세상의 겉과 속, 즉 현세와 이면을 모두 볼 수 있고.

그 상호작용까지 이해할 수 있다면.

미래를 추측하는 데 있어 부족함이 없으리라.

"용안심공이… 틀렸어. 마지막 구절인 영겁호심(永劫護心) 예관미래(豫觀未來) 사이에 겉과 속의 상호관계를 설명하는 글귀가 있어야 해……."

무공을 완벽히 이해하는 것은 십 성.

창시자와 같은 이해의 수준을 가지는 것은 십일 성.

그리고… 창작자를 넘어서 더욱 발전시키는 것은 십이 성, 대성(大成)!

피월려는 지금 이 순간 그가 용안심공을 진정으로 대성했다는 것을 깨달을 수 있었다.

육안으로 보이는 세상과 영안으로 보이는 이면이 동시에 보이니 삼라만상이 뚜렷하게 인지되었다.

겉으로만 보고 속을 추측하는 세상의 법칙에서 벗어나 속모습을 그대로 보여주는 영안의 시야는 세상의 참모습을 있는 그대로 보여주었다.

이를 미(美)라 하는가?

피월려는 세상의 아름다움에 압도당했다.

그가 느끼는 감정은 마치 평생을 색맹으로 살다 처음으로 색을 본 것과도 같았다. 시체와 화마가 뒤덮고 있는 그곳에서조차 모든 것이 아름다워 보일 정도로 그 광경은 이루 말할 수 없었다.

피월려는 옆에 쓰러져 차디찬 시신이 된 삼소를 흘겨보면서 중얼거렸다.

"맞다. 이미 건널 수 없는 강을 건넜지……. 이런 행동을 하다니. 음양의 부조화로 나도 모르게 마성의 지배를 받았나. 주 소저의 말이 맞는지 모르겠군."

"마성 탓으로 돌리기엔 너무 늦었다. 죽어라, 용안의 주인."

사내는 하늘로 높이 도약하여 피월려가 있는 곳에 검을 내려쩍었다.

무림인이라면 절대로 취하지 않을 행동.

스스로 제 몸을 공중에 띄워 움직임을 봉하는 바보 같은 짓이었다.

검기를 뿌려도 되고 맞상대해도 된다.

전투를 유리하게 가져갈 수 있는 방법은 수십 가지다.

하지만 그것은 일대일에서나 그렇다.

수적 우위가 있을 때는 일대일에서 절대 해선 안 되는 공격들이 강력한 한 수로 먹힐 때가 많다. 위험한 부분을 동료가 메꿔주면 되기 때문이다.

그런 과감한 공격을 스스럼없이 한다는 건 다시 말하면, 그 사내가 다대일에 경험이 풍부한 자라는 뜻이다.

일남이녀는 협공에 익숙한 것이 분명했다.

피월려는 검기 하나조차 뿌리지 않고 순순히 몸을 뒤로 뺐다.

그대로 땅이라도 베어버릴 것 같던 사내의 검은, 땅에 닿기 바로 직전에 멈췄다.

무림인이라면 검을 그대로 멈추는 것보다 차라리 땅을 치며 억지로 갈무리하진 않을 터.

역시 압도적인 용의 근력으로 특수한 검공을 펼치는 것 같았다.

하지만 피월려는 그 이상을 보았다.

검이 멈춰짐과 동시에 그 반동을 그대로 이어받은 용의 거대한 날개가 땅에 박혀 들어간 것이다.

날개 끝에 달린 뿔과 같은 것이 땅에 고정되자, 핏줄이 돋아났고 그것은 곧 엄청난 가속력으로 수축했다.

그 안에 담긴 응력이 폭발한다면 사내는 당장에라도 피월려의 눈앞까지 튀어오를 것이다.

피월려는 심검을 펼치기 위해서 습관적으로 눈을 감으려 했다.

하지만 이내 곧 실없다는 것을 깨달았다.

온전히 완성된 용안심공에선 눈을 감는 것과 감지 않는 것에 대한 치이가 존재하지 않기 때문이다.

이미 펼치고 있지 않는가?

피월려는 감기던 눈꺼풀을 다시 떴다.

그리고 순간 당황해 버렸다.

태극지혈의 검신에 반투명하게 보이는 역화검이 겹쳐 보였기 때문이다.

이는 심검을 펼칠 때 심상세계에서 보였던 역화검과 육안으로 보이는 태극지혈이 합쳐 보인 것이다.

새로운 현상에 피월려는 순간적으로 망설였고, 그 자그마한 망설임은 일남이녀가 도저히 찾을 수 없었던 허점을 만들어내었다.

일남이녀는 동시에 그것을 알아챘으며, 그것을 공략할 방법까지도 일순간에 깨달았다.

그들의 합일은 그 찰나의 순간 동일한 생각을 하는 것뿐만 아니라 서로 동일한 생각을 하고 있다고 믿었고, 그것까지도 넘어서 즉시 실행에 옮길 정도였다.

한 사람이 그들 세 명의 몸을 동시에 움직였다 해도 과언이 아니었다.

캉!

캉!

"타핫!"

"핫!"

수십 차례 격돌 속에서도, 일남이녀의 무기는 전혀 상하지 않았고 싸움은 끝이 나지 않을 것처럼 이어졌다.

태극지혈의 예기는 기가 없이도 검기를 상대할 만큼 예리한데, 그런 태극지혈을 어기충검으로 휘두르고 있는 피월려의 검격(劍擊)을 일남이녀는 검에 내력도 주입하지 않고 상대하고 있었다.

역으로 피월려가 내력을 주입하지 않고 그들이 내력을 주입해도 모자란데, 그 반대를 견딜 수 있는 가장 큰 이유는 일남이녀의 검과 륜이 닿는 그 순간 태극지혈의 내력을 모두 증발시키기 때문이었다.

내력 소모가 적은 어기충검의 유일한 이점이 사라지니, 피월려는 점점 숨이 차는 것을 느꼈다.

닿는 순간 내력을 빨아버려, 어기충검으로도 내력을 아끼지 못하니, 안 그래도 바닥을 드러내던 내력이 완전히 말라가고 있었기 때문이다.

용안심공을 대성한 피월려에게도 그들의 협공은 충분히 위협적이었다.

용의 본질적인 모습까지도 영안으로 보고 용안으로 파악할 수 있었지만, 그렇다고 내력이 생기는 건 아니었다.

실질적인 힘을 내는 내력이 부족하니, 심계에서 우위를 점한다고 해서 그것을 현실화할 방도가 없었다.

수많은 수법이 머릿속으로는 그려지지만 실질적인 한계 때문에 모두 제한되는 것과 같았다.

또한 그는 본래 용조 한 명과 싸워도 우위를 보장하기 힘들었다.

그나마 용안심공을 대성하여 용조와 비슷한 수준의 세 고수와 겨우 호각을 이루고 있었던 것이다.

하지만 그도 내력이 받쳐줄 때 이야기.

허점을 내주지 않으려는 피월려와 그것을 집요하게 물고 늘어지는 일남이녀의 싸움은 점차 길어졌고, 이에 피월려는 숨가쁜 기색을 숨기지 못했다.

"하아… 하아……."

전혀 빠져나갈 구멍을 주지 않는 일남일녀의 협공 속에서 피월려는 내력을 아끼기 위해서 안간힘을 썼다.

소소(銷簫)로 음기를 보충할 시간이 없어 태극지혈을 역수로 잡는 것으로 음기의 공급을 대신하고 있었는데, 이건 삼일 내내 굶은 자가 입에 풀칠을 하는 격이었다.

태극음양마공에 필요한 음기는 터없이 부족했고, 서서히 마음속 가장 깊은 곳에 묻어두었던 극양혈마공이 고개를 들이미는 것 같았다.

캉!

타악!

입안이 타들어 가는 갈증. 그것과 비슷한 갈증을 피월려는 하나 더 느꼈다.

그러나 그것은 물이 부족해서 생기는 갈증과는 전혀 다른 것으로 오히려 그것보다 더 위험한 갈증이었다.

"후우… 후……."

피월려의 정신 가장 깊은 곳.

흡사 지저갱과도 같은 곳에는 극양혈마공이 자리하고 있는 중이다.

역화검이 부서진 이래, 지금까지 극양혈마공은 사슬에 속박된 채 조용히 엎드려 잠을 자고 있었다.

그러다 밖이 너무 시끄러워 짜증이 나 잠꼬대를 하듯 휙 하고 팔 하나를 휘저었는데 이상한 허전함을 느꼈다. 뭘까 하고 슬며시 눈을 떠 팔을 보니 그 팔을 억죄고 있었던 사슬이 느슨해진 것을 발견했다.

극양혈마공은 혹시나 하는 마음에 그 팔을 한번 크게 휘둘렀다.

그러자 그 사슬이 끊어졌다.

"크윽!"

피월려는 속에서 올라오는 것을 다시 삼키려 했다. 그러나 머리 위로 날아오는 검을 피하기 위해서 어쩔 수 없이 고개를 젖혀야 했다.

고개를 젖힌 채로는 속에서 올라오는 토사물을 막을 수 없었다.

"커억!"

핏물이 쏟아지자, 일남이녀의 눈빛이 묘하게 변했다.

분명 내력에 손상을 입었다는 증거.

이 정도 날뛰었다고 천마급 고수인 피월려가 내력에 손상을 입을 리 만무했기 때문이다.

눈빛을 교환한 그들은 좀 더 공격적인 방향으로 공세를 이어가 그 진상을 확인하려 했다.

그러나 셋 중 하나는 수비적인 검격을 유지했다. 피를 토한 것이 함정일 수도 있다는 생각을 완전히 배제하지 않을 것을 보면, 그들이 얼마나 노련한 자들인지 알 수 있었다.

피월려는 이를 세게 악물었고, 때문에 입에서 피가 흘러나왔다.

그러나 이미 피범벅이 된 그의 입에 그 정도 상처가 난다고 달라질 것은 없었다.

극양혈마공은 이제 완전히 잠에서 깼다.

설상가상으로 나머지 사슬을 온 힘을 다해 뒤흔들기 시작했다.

"하아……."

피월려는 안과 밖으로 싸움을 동시에 이어갔다.

밖에서는 일남이녀의 무지막지한 협공을, 안에서는 극양혈마공의 마기를 막아내었다.

검은 끊임없이 교차했으며 사슬은 끊임없이 울려댔다.

캉! 캉! 캉! 캉! 캉!

캉! 캉! 캉! 캉! 캉!

뭐가 검이 부딪치는 소린지.

뭐가 사슬이 흔들리는 소린지.

그것을 분간조차 하기 어려울 정도로 피월려의 정신은 혼미했다.

그러나 완성된 용안심공 덕분에 단 한 차례도 공격을 당하지 않았으며, 조금도 마성에 젖지 않았다.

만약 용안심공을 대성하지 못했다면 아마 지금쯤 수십 번이고 몸이 베여 피투성이가 되었을 것이며, 수백 번이고 역혈을 외치며 마성에 젖었을 것이다.

이대로라면 믿을 건 하나.

지금까지 단 한 번도 그의 기대를 배신하지 않은 그의 마지막 수.

그 수를 써야 한다.

그러기 위해선 목숨을 온전히 맡겨야 한다.

언제는 안 맡긴 적 있는가?

피월려 조소하며 속에 가진 내력을 면밀히 살핀 후 한순간에 모조리 끌어 올렸다.

그러자 그의 몸에서 일순간 검붉은빛이 일렁이더니 이내 사방으로 폭사되었다.

콰과광!

강렬한 폭음을 동반하는 것이 단순한 반탄지기가 아닌 호신강기였다.

온몸을 매개체로 강기를 사방에 비산시키는 그 수법은 천마급에 이른 피월려라 할지라도 완전히 탈진할 수밖에 없었다.

특히나 없는 내력을 모두 짜낸 만큼 그의 몸 상태는 이루 말할 수 없었다.

용의 뼈는 내력을 소멸시킨다.

제아무리 고강한 수법인 호신강기라 할지라도 그 본질이 내력인 이상 사내의 륜에 닿는 순간 소멸하게 되어 있었다.

두 여인은 잽싸게 사내의 뒤로 움직였고, 사내는 앞으로 륜을 길게 뻗어 호신강기로부터 자신과 여인들을 보호했다.

다만 강기는 운동량을 동반하기에 뒤로 밀리는 것까진 어쩔 수 없었다.

그리고 그동안에는 움직임이 단순해진다.

주하는 그것을 놓치지 않았다.

파지지직!

뒤에서 대략 오 장 정도 떨어진 곳에서, 세상의 모든 기운 중 가장 강력하다는 뇌전의 기운이 강렬한 빛을 내며 일남이 녀에게 날아들었다.

주하가 륜으로 가로막혀 생긴 호신강기의 빈 그림자로 뇌지비응(雷枝飛鷹)를 펼친 것이다.

호신강기에 영향을 받지 않았기에, 정확한 일직선으로 비행하는 뇌지비응 주변으로 뾰족한 나뭇가지 같은 뇌전이 뿜어지며 한 폭의 그림을 만들어냈다.

가장 끝에 선 여인은 뒤를 돌아 날아오는 뇌지비응을 느끼고 그대로 검을 들어 뇌지비응과 충돌시켰다.

지친 심신을 다스리던 주하는 번쩍이는 섬광을 보고 작은 미소를 지었다.

뇌지비웅의 무서운 점은 비도에 있는 것이 아니라, 그 주변의 뿜어지는 뇌전에 감전되는 것이기 때문이다.

그러나 섬광이 잦아지자, 주하의 안색이 심히 어두워졌다.

범인이라면 감전되어 몸이 까맣게 탔을 것이고, 무림인이라면 내력으로 저항한다 한들 기절하는 것을 면치 못할 터인데, 일남일녀는 뇌전에 전혀 영향을 받지 않은 듯 그대로 그 자리에 서 있었기 때문이다.

아직 싸움이 끝나지 않았다.

피월려와 주하는 다리에 힘을 주려 했으나 동시에 힘이 풀려 그 자리에 주저앉았다.

호신강기와 뇌지비웅은 사용 후 즉시 기운을 되찾을 수 없는 비기였기 때문이었다.

주하는 입술을 꽉 깨물고는 다시금 내력을 짜내며 품속의 비도로 손을 가져갔다.

그녀의 손은 다시금 뇌전으로 빛이 나기 시작했고, 곧 그것이 비도에 실려 날아가기까지는 눈 한번 깜박일 짧은 시간밖에 흐르지 않았다.

캉!

하지만 한 여인의 검에 의해서 너무나도 손쉽게 막혀 버렸다.

이미 만반에 태세를 갖추고 있었으니 막지 못하는 게 더 이상하다.

뇌전의 밝은 빛이 사라지자, 여인은 검을 내렸다. 주하는 이미 땅에 엎어진 채 기절해 있었다.

그녀는 어차피 죽은 목숨이라 생각하고 남은 걸 다 짜내어 두 번째 뇌지비웅을 펼친 것이고, 그것의 결과가 어떻게 된지도 확인하기 전에 정신을 잃어버렸다.

사내가 말했다.

"우리가 인간이었다면 필히 죽었겠군…… 좋은 싸움이었다."

이미 승리를 확신한 목소리.

그럴 수 있는 것이, 주하의 뇌지비웅이 마지막 한 수라는 건 누가 봐도 확실했기 때문이다. 피월려의 표정은 숨길 수 없는 낭패감으로 물들어 그 사내의 확신을 한층 더 깊게 만들었다.

적도 인정한 승리.

그보다 더 확실한 건 없다.

그렇기에, 경험이 많은 그 사내조차도 무림의 불문율을 어겨 버렸다.

승리하기까지 승리한 것이 아니라는 불문율을 말이다.

쏴아악!

일남이녀의 가랑이에서 물이 쏟아졌다.

흡사 물은 담은 바가지의 바닥이 쪼개진 것 같았다. 다른 점이 있다면 그 물은 붉디붉은 피라는 점이었다.

"아악!"

"악!"

생식기는 남녀를 불문하고 치명적인 기관이다. 이상할 정도로 고통에 민감한 곳으로 작은 상처로도 다른 곳에 비해 몇 배나 강렬한 고통이 찾아온다.

그러니 작은 상처는 고사하고 통째로 베어진다면 어떤 수련을 쌓은 자라도 그 자리에서 바닥에 꼬꾸라질 수밖에 없었다.

푸숫! 푸숫! 푸숫!

세 번의 찌르기는 정확히 심장을 꿰뚫었다. 피월려는 땅 속에서 솟아나듯 나타나 일남일녀에게 완벽한 기습을 선사한 남자를 보며 외쳤다.

"구 대주!"

구양모는 퉤퉤거리며 입속에 쌓인 흙을 뱉었다. 왼손으론 옷을 털면서 오른손을 든 검으로는 일남이녀의 미간에 검을 박아 넣으며 태연히 확인 사살을 했다. 그는 피월려를 보지도 않고 말했다.

"제가 피 대주님을 구하는 이런 날이 올 줄이야. 몸 상태는 어떠십니까? 내상을 입은 채 호신강기를 펼쳤으니, 말이 아닐 텐데……."

마침 피월려는 피를 토했다.

"쿨럭. 목숨을 잃을 정도는 아니오. 그나저나 살아 있었군"

구양모는 심장을 뚫고 미간을 찌르고도 그 생사가 의심스러운지 이리저리 일남이녀의 시체를 둘러보며 말했다.

"제가 제일 잘하는 게 살아남는 겁니다. 귀식대법을 펼쳐 땅속에 숨어 있었습죠. 부하들이 방패막이가 돼줘서 어찌어찌 적들의 눈을 속일 수 있었습니다. 뭐, 이번 일에 책임자로서 혹시라도 절 비난하시려거든 하시지요."

그리고 세 명의 인중을 다시 한번 전부 일일이 찔렀다.

피월려는 숨을 골라 호흡을 안정시키면서 읊조리듯 말했다.

"나는 자격이 없소. 내 불찰이니……."

구양모는 썩은 미소를 지으며 처음으로 피월려를 흘겨보았다.

얇게 치솟은 그의 눈에는 세상의 악함을 모두 모아놓은 것 같은 진득한 것이 흐르고 있었다.

"잘 생각하셨습니다. 혹시나 절 비난하셨다면 제가 처지를 모르고 목을 베었을지도 모르겠습니다. 아시다시피 제가 그릇이 작은 놈이라, 항상 열등감에 사로잡혀 아주 작은 거슬림에도 이성을 잃을 때가 많아서 말이죠. 아이쿠. 이거 보십쇼? 갑의 자리에 서니 벌써부터 간덩이가 이리도 커지지 않았습니까? 자제해야죠, 자제."

"……."

"그런데 도대체 이놈들이 익힌 무공이 뭔진 아십니까? 무슨 수로 뼈를 이렇게 강화한단 말입니까? 검기로도 베지 못한다니 어이가 없군요."

어느 정도 폐를 다스린 피월려가 대답했다.

"용아지체라는 것이오. 자세한 건 나도 모르오."

"목을 베야 확실한데…… 제 검은 평범한 거에도 못 미치는지라, 이런 뼈를 생으로 자르려다간 날이 상할 것 같습니다. 검기도 통하지 않고요."

"그 뼈는 닿는 즉시 내력을 빼앗소."

"역시… 아까 몸을 전부 두 조각 내려 했는데, 가랑이만 찢어진 게 이상하긴 했습니다. 골반에 검기가 소멸된 것이군요. 참 특이한 놈들입니다. 죽어서도 뼈의 강도가 사라지지 않는 것을 보니, 내공을 통해 기로 강화하는 게 아니라 아예 뼈를 직접적으로 강화하는 외공인 것 같은데…… 뭣하면 비장의 수법으로 뼈를 내주면서 검기를 소멸시키고 역공을 가할 수도 있겠군요."

피월려는 있는 힘껏 그의 태극지혈을 던졌다. 그럼에도 구양모의 발끝에 한참 못 미치는 곳에 떨어졌다.

"태극지혈을 써서 목을 베어놓으시오. 명검이라 날이 상하지 않을 것이오. 전에 용아지체의 목뼈를 부러뜨린 일이 있는데 그때도 소생했었소."

악함만이 가득한 구양모의 눈빛에 작디작은 균열이 생겼다.

그는 태극지혈을 집어 들고, 일남이녀의 목을 손수 베어가면서 말했다.

"이 귀한 검을 제게 맡기시다니, 의외입니다."

"이미 내 생명을 쥐고 있는 사람에게 검 따위를 맡기지 못할 이유가 있겠소?"

"……."

"처리하였으면, 주하의 상태를 한번 봐주시오. 나는 운기조식에 들어가야겠소."

구겨진 구양모의 표정에는 괴기함이 반, 놀람이 반 있었다.

"지금 여기서 말입니까?"

"마성에 젖는 것보다는 나을 것이오. 용안심공이 있다 하나, 아무것도 장담할 수 없소."

"……."

"피리 소리에 적이 찾아올 수도 있으니, 호위를 부탁하겠소."

구양모가 피리 소리에 대해서 물으려는데, 피월려는 가부좌를 틀고 앉아 소소를 꺼내 입에 물고는 연주를 시작하며 눈을 감아버렸다.

생전 처음 보는 운기조식 방법에 구양모는 입을 딱 하고 벌렸다.

"세상 살면서 나름 별 괴괴망측(怪怪罔測)한 걸 다 봤다고 생각했는데……. 내력을 없애는 뼈다귀나 연주를 하는 운기조식이나……. 나도 멀었구나, 멀었어."

구양모는 그렇게 중얼거리며 주하에게 다가갔다. 그는 주하의 목에 손을 대고 맥을 짚어보았는데, 매우 미약한 것이 언제라도 꺼질 것 같은 촛불이 연상되었다. 그런데 순간 어깨 아래로 흘러내린 그녀의 옷을 보면서 욕정이 돋아 혀로 입술을 한번 핥았다.

"아서라……. 목숨이 중하지, 그게 중하냐……. 아니지. 어차피 인생을 왜 사냐? 미녀 한번……. 하아. 됐다, 됐어. 아무리 최근에 기루를 못 갔다 해도, 여동생에게 미안하지도 않냐. 캬악, 퉤."

구양모는 스스로에게 침을 뱉는 기분으로 발밑에 침을 뱉고는 주하를 일으켜 세워 가부좌를 억지로 틀게 만들었다.

그러곤 뒤에 앉아 내력을 일으켜 손으로 주하의 등을 쳤다.

익힌 내공이 달라 내력을 전해주거나 치료를 해줄 순 없지만, 적어도 속에 쌓인 사혈을 토하겐 할 수 있었다.

"쿨럭!"

재만큼이나 검은 핏물이 한 사발이나 토해졌다. 이것 이상으론 해줄 수 있는 게 없었던 구양모는 자리에서 일어나 주변을 서서히 돌아보았다.

그러고는 천천히 외치기 시작했다.

"똥개. 진드기. 코딱지. 거시기. 똥자루. 안 나오면 내가 친히 대가리를 날려 버릴 거니까, 좋은 말로 할 때 나와라."

시체로 가득한 안양의 동문은 바람 한 점 불지 않았다.

그 고요함 속에 구양모가 다시 말했다.

"세 번까지 안 가. 몰라서 그래? 그냥 지금 나와."

휘이잉.

바람 한 번이 불자, 절대 미동조차 하지 않을 것 같은 동문 여기저기서 미세한 움직임이 보였다.

구양모가 한 번 더 살기 어린 시선으로 훑자, 반이 날아가 버린 천장이나, 나란히 죽은 시체, 무너진 담벼락같이 절대 움직일 수 없는 물체들이 그 시선에 반응이라도 하듯 움찔거렸다.

곧 마구잡이로 꿈틀대는 것이 흡사 사람만 한 지렁이가 단잠을 자고 막 기지개를 켠 것 같았다.

"아이고… 형님, 살아계셨습니까?"

담벼락에서 기어나온 사내가 구양모 앞에 히죽거리며 물었다.

구양모가 그를 돌아보며 대답했다.

"똥자루 네놈은 대주 소리가 그리 입에 안 붙냐? 매번 맞아야 정신을 차리지!"

쿵!

냅다 대가리를 후려갈긴 구양모의 손찌검에 똥자루가 나가떨어졌다.

괜스레 과장해서 아픈 척하는 것을 보며 구양모가 한 대 더 때리려다가 이내 심상치 않은 것을 깨닫고 물었다.

"똥개는 왜 안 나와? 니들 똥 형제는 맨날 같이 숨지 않냐?"

대답은 다른 쪽에서 나왔다.

"똥개는 죽었습니다. 제가 봤어요."

구양모가 그 남자를 돌아보며 확인 차 물었다.

"진드기. 사실이냐?"

진드기라 불린 남자는 헝클어진 머리카락을 긁으면서 대수롭지 않게 말했다.

"예. 아주 죽을 때도 똥개처럼 죽더군요."

땅에 주저앉아 있던 똥자루가 자리에서 일어나며 흙먼지를 털었다.

"그놈 아니면 저, 둘 중 하나는 죽을 상황이었습니다."

"……."

"갈 놈이 간 거지요, 뭐."

구양모는 잠시 똥자루에게 시선을 고정하다 이내 곧 물었다.

"또?"

이번에도 다른 곳에서 들렸다.

"코딱지 놈도 죽었습니다요. 마성에 젖어서 발광하려는 걸 제가 그냥 끝내줬습니다."

"거시기 네놈도 살았구나. 사실 네놈이 죽었을지 않았을까 했는데 말이야."

거시기라 불린 사내는 코웃음을 치며 말했다.

"설마요. 이런 곳에서 개죽음당할 거시기가 아니지요."

구양모는 세 명을 둘러보다가 이내 곧 중얼거렸다.

"넷이라……. 많이 줄었네, 씨발."

거시기가 말했다.

"그래도 옛날 그 이십 명이 모두 뭉쳐도 여기 있는 네 명 중 한 명을 상대하지 못합니다, 형님."

구양모는 박수을 딱 하고 쳤다.

"하아! 그래! 그럼 이득이구나! 개이득!"

똥자루가 말했다.

"돼진 개이득이 참 좋아라 하겠습니다."

진드기가 말을 이었다.

"참 이득을 좋아하는 놈이었지. 그래서 이름도 개이득 아니냐? 마공도 못 익히고 돼진 못난 놈……"

"……"

"……"

"……"

"……"

구양모는 피월려를 가리키며 말했다.

"저 심검마 나리, 잘 봐봐라."

진드기가 고개를 저으며 말했다.

"그냥 두고 도망가죠, 형님?"

"이 상태로 낙양에 도착은커녕 안양에서 빠져나가기라도 하겠냐? 저 연놈들이 우리 생명줄이 될 테니까, 닥치고 내 말이나 들어."

"아, 예. 존 거시기 뭐, 그 명입니다요."

"똑바로 안 하냐? 명불복 일필살인 거 모르냐?"

구양모가 윽박지르자, 그제야 진드기가 어설프게나마 포권을 쥐며 대답했다.

"존명."

그때 거시기가 주하에게 고개를 돌리면서 구양모에게 말했다.

"저년은 어떻게 할까요?"

구양모는 그녀까지도 구하자는 말이 입까지 올라왔으나, 가까스로 혀를 멈추었다. 그는 진드기를 비롯한 다른 세 명을 찬찬히 둘러보았다.

그들의 눈빛 속에 담긴 욕정은 자세히 보지 않고는 눈치챌 수 없을 만큼 깊이 숨어 있었다. 구양모는 곧 자기가 주하를 처음 보고 든 생각이 무엇인지 기억했고, 그 때문에 다른 세 사내의 마음이 무슨 생각으로 젖어가고 있는지도 읽을 수 있었다.

욕정이 수면 위로 드러나지 않았을 때, 싹을 잘라야 한다.

구양모가 말했다.

"여자까지 챙길 일 없다. 그래도 살아날 수 있을지도 모르니, 저기 저 시체 더미에 잘 숨겨놔."

"예, 형님."

진드기는 말을 듣고 주하를 업어 옮겼고, 거시기도 순순히 말을 따랐다.

이번엔 구양모도 괜히 존명과 대주라는 말을 쓰라고 시비 걸지 않았다.

거대한 동공.

눈앞에는 한 치 앞도 구분할 수 없는 어둠만이 도사리고 있었다.

피월려는 도저히 떠지지 않는 눈을 떠, 아래를 내려다보았다.

그곳에는 당연히 있어야 할 신체가 없었고, 빛 한 줌 없는 어둠이 그 공간을 대신하고 있었다. 피월려는 눈을 껌벅이며 초점을 잡아가려 했지만, 빛이 전혀 없는 그 공간에선 아무리 초점을 맞추려 한들 헛수고였다.

크르르.

뒷골을 서늘하게 만드는 낮은 음.

피월려는 뒤를 보았다.

그곳에는 짐승 한 마리가 사슬에 묶인 채, 피월려를 응시하고 있었다.

붉은 홍채와 흰 눈동자. 피월려는 그 눈과 마주치자마자 공포를 느꼈다.

살이 돋아나고 뼈마디에 바람이 들어차는 것 같은 기분. 순간순간 놀란 적은 있어도 이렇게 공포 그 자체만을 홀로 느껴본 적은 언제인지 기억하기 어려웠다. 마치 어린 시절로 돌아가, 천둥 치던 밤에 잠 못 이루던 그 기분을 다시 느끼는 것 같았다.

온통 암흑뿐인 그곳에서 유일하게 시야에 들어오는 그 짐승은, 빛을 반사하지도 혹은 스스로 빛을 내지도 않았다.

그럼에도 피부의 주름까지 선명하게 그 모습이 보였다.

간단한 명암도 찾아볼 수 없고, 그림자도 없으니 마치 어린아이의 낙서라 할 만하다.

하지만 털 한 올, 한 올의 작은 흔들림조차 섬세하게 보이는 걸 보면 또한 신선의 작품이라 해도 과언이 아니었다.

짐승이 피월려를 향해 다가오자, 피월려는 본능적으로 도망치려 했다.

그러나 다리도 없고 팔도 없는 그가 무슨 수로 도망치겠는가?

애초에 뒤를 본 것도 고개를 돌린 것이 아니라, 그냥 돌았을 뿐이다.

즉 그의 정신만이 공중에 붕 떠 있는 꼴인데, 암만 힘을 써도 움직일 수 없는 것이 당연했다.

짐승이 그의 코앞까지 다가와 입을 벌렸다. 고약한 악취를 내는 입에서 침이 질질 흘러나와 바닥에 떨어지는데, 입을 벌리고 피월려를 먹으려는 찰나 그 짐승이 딱 그 자리에서 멈췄다.

깡! 깡!

사슬이 요란한 소리를 내며 짐승의 팔다리를 구속했다. 짐승은 벌린 입을 다물고는 그럴 줄 알았다는 듯 미련 없이 고개를 돌렸다.

피월려가 안도하는 그 순간, 갑자기 그 짐승이 그에게 달려들었다.

카앙! 캉!

짐승은 안간힘을 다해 피월려에게 닿으려 했으나 사슬이 끊임없이 울리며 그 짐승의 움직임을 막았다.

그 짐승이 해를 끼칠 수 없다는 사실을 깨달은 피월려는 조용히 읊조렸다.

"현실이 아닌가……."

목에서 흘러나온 어린아이의 목소리를 듣고 피월려는 자기의 귀를 의심했다.

다시금 확인하고자 말을 하려는 순간 굉음이 들려 말을 삼킬 수밖에 없었다.

카앙! 캉!

짐승은 화가 난 듯 발을 구르며 발버둥 쳤다. 이에 천지가 흔들리는 듯했으나, 그 짐승은 속박에서 벗어날 수 없었다.

짐승은 이내 포기하곤 피월려 앞에 엎드리고 말했다.

"아니지. 흥."

그 짐승은 앞발을 교차한 뒤, 그 위에 머리를 올렸다. 그러곤 송곳니를 드러내며 피월려를 위협했다.

짐승이 말을 했다?

이 공간이 현실이 아니라는 의심이 확신이 되는 순간이었다.

그렇게 생각하자마자, 즉시 공포가 사라지고 여유로움이 생겼다.

마치 꿈속에서 꿈인 것을 깨닫고 둔감해지는 기분과도 같았다.

피월려는 용기를 내 물었다.

"누구야?"

두 번밖에 듣지 않았지만, 벌써 그 목소리가 익숙해져 버렸다.

바로 직전에 느꼈던 위화감조차도 송두리째 사라져 피월려는 더 이상 그 이상함을 감지하지 못했다.

"잘 알지 않나? 네 안의 짐승을 네가 모르면 어떻게 해?"

짐승은 시큰둥하게 말했다.

피월려가 물었다.

"뭔데?"

"가지지 못한 것을 가지고자 하는 욕망. 가지고 싶은 걸 가져 버린 허무. 죽이지 못한 사람들을 향한 분노. 죽인 사람들을 향한 죄책감. 사랑을 받지 못해 생긴 외로움. 사랑을 주지 못해 앓게 된 의심."

"……"

"나는 네가 익힌 극양혈마공 그 자체이며, 네가 추구하는 힘 그 자체이며, 네가 갈망하는 힘 그 자체이다."

"무슨 뚱딴지같은 소리야. 그냥 흰 호랑이잖아."

짐승의 눈에 이채가 띠었다.

"내가 보이나?"

"흰색 털이 너무 예뻐. 따뜻할 것 같은데?"

짐승은 민망해하며 중얼거렸다.

"용안심공이 없어 내 참모습이 보이질 않을 텐데? 영안은 용안심공과 별개로 얻은 것인가?"

흰 호랑이의 질문에 피월려는 존재하지도 않는 고개를 양옆으로 흔들었다.

"그렇다 할 수 있지. 용안심공은 상호작용을 도울 뿐이야. 보는 그 자체는 용안심공 외적인 힘이지."

"현세와 이면을 모두 볼 수 있게 되었군."

"응. 가도무의 모습과 흰 호랑이의 모습이 겹쳐 보여."

흰 호랑이는 피월려를 뚫어지게 보다 이내 말했다.

"무슨 방법인지 모르겠지만, 남발하지 마. 네 정신이 감당하지 못한다."

"짐승이 나를 걱정해 주는 건가? 고마운데?"

"주인이 죽으면 나도 죽으니 당연한 것이지."

피월려는 가까이 가서 그 호랑이를 쓰다듬고 싶었으나, 육신이 존재하지 않는 한 그것은 불가능했다. 피월려가 할 수 있는 것이라곤 대화밖에 없었다.

그가 다시금 물었다.

"한 가지 물어봐도 돼?"

흰 호랑이가 대답했다.

"여기서 나가는 길은 나도 모른다. 정신을 차릴 수 있을 만큼 몸이 회복하면, 용안심공이 내려와서 네 정신을 이끌고 자연스럽게 올라갈 것이다. 지금 억지로 올라갔다가는 고통을 이기지 못해 정신이 죽어버릴 테니까 기다리는 수밖에 없어."

"그걸 묻고 싶은 게 아니야."

"그럼 뭔가?"

"어떻게 네가 자아(自我)를 성취하게 된 거지?"

흰 호랑이는 대수롭지 않다는 듯 말했다.

"네가 줬다."

"내가 언제?"

흰 호랑이는 짧게 대답했다.

"극양혈마공. 정확하게는 그 속에 담긴 의지지만."

"아하, 그럼 용안심공은?"

"그건 네 신(神)이다."

"무슨 소리야?"

흰 호랑이가 대답했다.

"나는 짐승이다. 그놈은 신이고. 우리 둘이 네 정신을 보좌하지. 선악이니 혼백이니 뭐 이런저런 말이 많다만, 분명한 건 그놈과 내가 극과 극이라는 것이고 그 중간에 네 정신이 존재한다는 것이다."

"……."

"짐승인 나나 신인 그놈이나, 본래 둘 다 자아가 없지. 하지만 네가 내게는 극앙혈미공을, 그놈에게는 용안심공을 부여함으로 둘 다 강성해졌고, 백호의 심장과 용안을 얻은 즉시 자아까지도 소유하게 되었다."

"하긴 내가 균형 하나는 잘 맞췄어."

피월려가 뿌듯해하자 흰 호랑이가 코웃음쳤다.

"그게 문제다. 둘 다 강성해지니 중간에 있는 네가 성할 리가 없다. 네 수명도 줄고 정신도 피폐해지지. 정말 뭐 어쩔 생각이지?"

"……."

"더 강해지고 싶다면 언젠간 둘 중 하나를 선택해야 할 것이다. 요즘엔 내가 찬밥 신세고 그놈을 밀어주잖아. 심검이니 뭐니 아주 잘났어. 그럴 거면 아예 깨끗하게 나를 포기하라고."

"인간임을 포기하라는 이야기인가? 짐승과 신이 공존하는 것이 인간이잖아?"

"그럼 인간의 한계를 넘을 생각도 하지 말든가."

"……."

"무림인들을 봐라. 하늘을 날고 검기를 뿌리고……. 그게 인간이냐? 인간임을 포기해야 가능하지. 둘 중 하나만 계속 밀어주는 것이다. 그렇게 강해지고 강해지다 보면 결국 하나를 완전히 포기하여 입신이라는 지고한 경지에 오를 수 있는 것 아니겠나?"

"신을 포기하고 짐승인 너를 취하면? 입신이 아니라 입수(入獸)이겠군."

"왜 그래? 혼돈경이라는 멋진 이름 놔두고."

"……."

"용은 신이지만, 이무기는 짐승이다. 다리가 무거워 못 나니까 그걸 잘라야 하는데 아까워서 못 자르면 이무기로 살 수밖에. 신이 못 됐다는 그 후회 때문에 털색이 모두 흰색으로 변할 정도니 그건 각오해야 하지."

"백호……."

"왜?"

"청룡과 백호는 신과 짐승을 이야기하는 것이군."

"미안하지만 그렇게 단정 지을 순 없다. 그랬다간 결국 모순에 도달하지. 내가 짐승인 이유가 바로 거기 있음을 아직도 모르는가?"

"그럼 주작과 현무는 뭐지? 음양인가?"

"단정 짓지 말라니까. 모순으로 그렇게 피 봐놓고 또 그래?"

"그렇다고 무엇이 진실인지 거짓인지도 모른 채 손 놓고 기다리고 있으라는 거냐?"

"백도 놈들은 잘만 하는데 뭘. 나무 밑에 누워서, 감 떨어질 때까지 입 벌리고 잘만 기다리잖아?"

피월려는 기가 막히다는 듯 말했다.

"참을성이 없어서 그런 거 못해 나는. 아니, 마공의 방식대로 해석하겠다는데 마공의 현신인 네가 말리면 어떡해?"

"언제 내가 마공의 현신이라고 했냐? 마공은 나와 같은 백호의 산물이 아니야. 현무의 것이지."

피월려는 한숨을 쉬었다.

"하… 참 나. 현무는 음이잖아? 아니, 극양혈마공이 왜 음을 다스리는 현무의 것인데?"

"마의 근원은 현무에서 나왔으니 하는 말이다. 음양은 그와 관계없어."

피월려는 시무룩한 목소리로 떼쓰듯 말했다.

"이해가 안 가. 안 간다고."

"인간의 언어로는 사방신의 속성조차 이해할 수 없어. 흐릿한 안개 속을 보듯 어렴풋이 짐작만 할 뿐이지. 어찌하다 보니 영안을 얻어서 이면의 세계를 보게 되었지만, 그것을 이해하는 건 또 다른 문제다. 용안심공의 도움 없이는 불가능하지. 그리고 지금 넌 순수한 정신의 상태. 용안심공도 극양혈마공도 없는 순수한 넋이다. 이해를 하는 게 이상하지."

"확실히…… 하여간 너는 짐승이면서 내가 마공식으로 해석하는 걸 왜 막는 건데?"

흰 호랑이가 버럭 소리를 질렀다.

"네가 자아를 줬잖아? 자아라는 건 그 안에 또 다른 신과 짐승이 생겼다는 뜻이다, 멍청아. 나도 이제 순수한 짐승일 수만은 없고 그놈도 순수한 신일 수만은 없어."

"복잡하군. 신 속에 짐승과 신이 또 있고, 짐승 속에 신과 짐승이 또 있다고? 그놈들은 또 뭐야?"

"그러니 하나를 버리라는 것이다. 괜히 무림인들이 끝자락에서 결국 주화입마로 마인이 되든가 아님 입신의 경지에 오르든가, 둘 중 하나로 귀결되는 줄 아나? 누가 짐승이고 누가 신인지 구분이 안 되니 속에서 전쟁이 일어나 한 놈만 살아남고 다 죽는 거지. 신과 하나가 되든, 짐승과 하나가 되든 둘 중 하나를 선택해야 해."

피월려는 입신에 오른 자를 세 번이나 보았다.

남들은 평생 한번 마주칠까 말까 한 그들과 많은 대화를 나누었다.

진파진.

나지오.

이소운.

그들과 대화를 할 때면, 무언가 비어 있는 느낌이 들었다. 인간의 모습을 하고 있으나, 인간에게 무조건 있어야 할 것이 없는 느낌……

그들은 짐승을 버리고 신과 하나가 되어 입신에 올랐기에, 인간성의 반쪽이라 할 수 있는 짐승이 없어 그런 빈 느낌이 느껴진 것이다.

그 반대의 경우도 한번 떠올려 보았다.

처음 머릿속에 들어온 건 성음청 교주의 모습이었으나 이내 지워졌다.

그녀의 강력함에 압도당하기는 했지만, 진파진, 나지오 그리고 이소운과 같이 무언가 비어 있는 느낌은 들지 않았다. 오히려 그런 느낌을 주던 사람은 다른 곳에 있었다.

가도무.

진파진, 나지오, 그리고 이소운에게서 느꼈던 그 텅 빈 듯한 느낌이 가도무에게도 있었다.

천살성이기 때문에 결여된 공감 능력 및 도덕성을 넘어선 그 무언가다…….

"그리고 박소을……. 아니."

박소을에게 느껴지는 빈 느낌은 다른 이들과 또 달랐다.

피월려는 혼란스러워 지는 것을 느꼈다. 그 느낌들을 마땅히 표현할 단어가 없으니, 그 사이를 구분하기도 불가능했기 때문이다.

단 하나 확실한 것이 있다면, 만약 입신의 경지처럼 입수의 경지라는 것이 존재한다면 그곳에 가장 가까운 자는 성음청도 박소을도 아닌 가도무일 것이다.

가도무야말로… 진정한 마(魔).

마인(魔人)은 마성에 젖지 않으려 발버둥 치면서 인성으로 마성을 적당히 이용하는 것에 반해, 가도무는 마성 그 자체를 받아들여 합일이 된 것. 그것이야말로 진정한 마가 추구하는 것이 아니겠는가?

피월려는 이 순간 인정하지 않을 수 없었다.

그가 가도무를 흠모(欽慕)했다는 것을.

온몸에 소름이 돋았지만, 그것은 부정할 수 없는 진실이다.

흰 호랑이가 말을 더했다.

"네놈의 경우는 더해. 이면에 존재하는 백호와 청룡의 영향까지 받았어. 넌 백호의 심장을 씹어 먹었고, 뿐만 아니라 계약으로 청룡의 눈까지 개안했지. 네 속에서 일어나는 이 전쟁이 바로 이 세상 전체의 운명을 판가름하게 생겼다. 그런 와중인데 네놈 수명 따위가 중요할까?"

"······."

흰 호랑이는 담담하게 말을 이었다.

"백호는 모든 것을 운명에 맡기기로 결정하고 죽음을 선택했다. 그 유지를 이어받은 나 또한 역시 다른 결정을 내리지 않겠다. 모든 건 네가 보고 결정해라. 그뿐."

순간 흰 호랑이의 모습이 흐릿해진 것을 본 피월려는 다급하게 말했다.

"사방신에 대해서 더 알려줘."

"나는 네게 속한 짐승. 네가 아는 것 그 이상으로 아는 건 전부 백호에게 받은 것뿐이다. 그리고 짐승의 신인 백호가 가진 지혜는 전부 야생적인 것들뿐. 신들의 인과관계에 대해선 전혀 알지도 못했고 관심도 없었다. 다만 한 가지 더 말해줄 수 있는 건······."

목소리까지 희미해졌다.

피월려는 수면 위로 그를 끌어 올리는 손길에 최대한 저항하며 마지막으로 물었다.

"뭐지?"

"사방신은 본래 분쟁과 전쟁의 신으로 태어났으나, 황룡이라는 구심점 아래에서 수호신(守護神) 역할을 감당했다."

그 말을 듣는 것을 끝으로, 피월려는 눈을 떴다.

눈을 뜬 곳도 동굴이었다.

희미한 달빛과 장작불이 환경의 윤곽을 힘겹게 드러내고 있었다.

그가 숨을 턱 하고 내뱉자 옆에 앉아 있던 구양모가 그에게 고개를 돌렸다.

"깨어나셨습니까?"

피월려는 목소리를 내려 했지만 메마른 땅처럼 갈라진 신음 소리밖에 흘러나오지 않았다.

그와 동시에 강렬한 갈증을 느꼈는데 어찌나 급한지 물이라는 소리가 원래 하려던 말을 재치고 목구멍 밖으로 먼저 탈출했다.

"무……"

구양모는 피월려의 말을 알아들을 수 없었지만, 그의 눈동자가 물병으로 향하는 것을 보고 대충 그의 말을 유추했다.

그는 물병을 열어 피월려의 입속으로 조금씩 물을 흘려보냈고 피월려는 아이가 젖을 먹는 것처럼 받아 마셨다.

한번 물이 목을 적시자 몸안 각종 기관들이 서로 물을 달라고 아우성이었고, 모든 장기를 만족시키기까지 상당히 오랜 시간이 걸렸다.

정신은 들었지만 몸은 바위처럼 무거웠다. 누군가 천 근이나 되는 철옷을 그에게 입힌 것 같았다. 도저히 움직이지 않는 몸을 움직이려다가 이내 포기한 피월려가 작은 목소리로 물었다.

"밤의 모닥불은 적에게 잘 보일 것이오."

구양모는 어이없다는 듯 웃었다.

"처음 눈뜨고 하는 소리가 그겁니까? 불빛이 새어나가지 않는 곳이니 걱정 안 하셔도 됩니다."

"시간은? 얼마나 지났소?"

"열흘과 보름 사이입니다. 정확히는 저도 조금 세다 잊어서 모르겠습니다."

"주하는?"

구양모는 고기 한 점을 들어 보이며 말했다.

"대주께선 지금까지 고기와 풀을 끓인 물만 먹었습니다. 극양혈마공으로 내력은 회복하셨을지 몰라도 무형의 내력이 유형의 신체를 대신할 수는 없습니다. 이걸 드시지요."

"주하는 어디 있소?"

"……."

"죽었소?"

"본신내력에 선천지기까지 쏟아부어 마지막 수를 펼쳤으니… 죽지는 않았겠습니다만, 상태는 대주보다 더 나쁠 겁니다."

"아직 죽지 않았군."

"뭐, 지금쯤이면 죽었을 수도 있겠군요."

피월려의 눈썹이 크게 꿈틀거렸다.

"구하지 못했군. 그 정도로 처절한 상황이었소?"

"구하지 않았습니다."

"……"

"그런 살기 어린 눈으로 보셔도 달라지는 것 없습니다."

"왜 구하지 않았소?"

"글쎄요. 그 미모가 문제겠지요."

"……"

"제가 데리고 있는 놈들은 제가 고아였을 시절부터 같이한 놈들입니다. 그놈들은 여자를 사람으로 취급하지 않습니다. 저야 뭐 아끼는 여동생이 있어 그나마 좀 낫습니다만."

피월려는 으르렁거리듯 말했다.

"강간이라도 한 것이오?"

"할까 봐, 안 구한 겁니다. 제가 그걸 막아봤자 안 할 놈들도 아니고, 그러면 한두 놈을 죽여서라도 막아야 하는데 솔직히 그 정도까지 해야 하나 싶고……. 뭐 제 입장도 이해해 주십시오."

피월려는 격해진 감정을 누그러뜨리고 냉정하게 그의 구양모의 처사를 생각했다.

그것은 최선의 판단이다.

주하는 귀식대법 같은 암공의 대가이니, 홀로 숨어서 살아남는 데 큰 무리가 없을 것이다. 있다 하더라도, 지금 당장 피월려가 어찌할 수 있는 것은 없다.

피월려는 자기 잘못을 인정했다.

"실언했소. 보따리까지 내놓으라 하는 꼴이었군."

구양모는 다시금 고기 한 점을 내밀며 말했다.

"알면 됐습니다. 다만 그 정도도 추리하지 못할 정도로 상태가 안 좋으신 건 좀 걱정되는군요. 쓰읍."

구양모가 고기를 입에 가져다주자, 피월려는 그 고기를 받아 억지로 씹어 먹었다.

질긴 고기를 씹는 것도 고역일 정도로 피월려의 몸은 말을 잘 듣지 않았다.

"상황은 어떻소?"

피월려의 질문에 구양모가 대답했다.

"일단은 운기조식을 하시는 것이 어떻습니까?"

"무형적인 부분에는 이미 할 수 있는 건 다 했소. 우선 음식을 먹어야 할 것 같소. 그리고 먹는 동안에는 이야기를 들는 데 방해될 일이 없고."

"정 그러시다면."

구양모는 옆에 두었던 생고기를 더 잘라서 나뭇가지에 꽂아 불길 위에 놓았다.

피월려가 보니, 구양모 옆에 붉은빛의 쥐토끼 가죽이 널브러져 있었다.

구양모가 설명을 시작하기 전에 피월려가 먼저 물었다.

"봉(峰)까지 올라온 것이오? 그럼 태항산맥(太行山脈)일 텐데, 왜 낙양으로 바로 가지 않았소?"

구양모가 하려던 말을 삼키고 물었다.

"어떻게 아셨습니까?"

피월려는 시선을 거두며 말했다.

"산서에서 홍서토(紅鼠兔)가 보일 만한 곳은 태항산맥의 석봉(石峯)뿐일 것이오."

구양모가 쥐토끼 가죽을 슬쩍 보고는 말했다.

"맞습니다. 여긴 석봉에 생긴 작은 틈입니다. 그래서 불이 상관없다는 것입니다. 혹 엽사(獵師)이셨습니까?"

"아비가 엽사였소."

"……"

"석봉의 틈에 자리를 잡았다는 건, 지금은 이동 중이라기보단 그냥 숨어든 것으로 보이는데, 그것도 맞소?"

"섣불리 이동하기보단, 대주께서 힘을 모두 회복하는 것이 더 중하다 봤습니다."

"낙양에 도착하는 데 내 힘이 필요하군. 그 말은 백도나 기타 세력이 낙양으로 가는 길목을 차단하고 있다는 뜻이고."

구양모는 한참을 소리 없이 웃다가 말했다.

"참 나, 다들 심검마, 심검마 하는 이유를 알겠습니다. 신선처럼 하늘에서 다 내려다보는 것도 아니고, 어떻게 그런 걸 아는 겁니까?"

"험난한 무림을 살다 보니 생긴 잔재주이오."

"누구는 험난한 무림을 안 살았습니까? 저는 그런 게 안 생겼습니다만."

"대신 고아 때부터 같이 생활한 부하들이 있지 않소? 나는 그런 게 없었소. 언제나 혼자로 살았지. 지금도 마찬가지이고. 다들 살아남는 방법이 다른 것뿐, 내 심계만 특별한 건 아니요."

구양모는 그를 빤히 보다가 다른 고기를 집어서 피월려의 입에 넣어주었다.

피월려는 다시 씹기 시작했고, 구양모는 불을 응시하기 시작했다.

"등을 맡길 만한 사람이 없습니까?"

겨우 고기를 씹어 넘긴 피월려가 단호하게 말했다.

"한 명이 생겼었소. 그러나 그도 이젠 불가능하지."

"살아 있을 수도 있습니다. 너무 심려치 마시지요."

피월려는 구양모의 말을 이해하지 못하다가 곧 구양모가 주하를 말함을 깨달았다.

"아, 주 소저가 아니라, 육대주를 말하는 것이오. 주 소저가 나를 섬기는 건, 상관에게 절대 복종하는 태생마교인이라는 측면이 크오."

평소 혈적현에게 나쁜 감정을 가졌던 구양모가 눈에 띄게 얼굴을 구겼다.

"육대주가 말입니까? 그자가 일대주와 그런 사이인 줄은 몰랐습니다. 그런데 사이가 틀어졌습니까?"

"아니, 아시다시피 무공을 잃었소."

"무공이 없다고 뒤를 봐줄 수 없는 건 아니지 않습니까?"

피월려는 잠시 고민하다가 이내 속내를 말했다.

"사이가 틀어졌다고 보는 것도 맞겠군. 그의 원수를 집안에 끌어들이는 것에 찬성했으니."

"그럼 지금은 없다 보는 게 맞겠습니다."

"그렇소."

"저 같은 놈도 있는 게 대주께 없다는 게 신기할 따름입니다."

"원래 난 다른 사람을 다루는 것과는 인연이 없소."

구양모는 그 이유를 바로 알 수 있었다.

"맨날 머리만 굴리니까 그런 겁니다. 앞만 보지 말고 가끔은 옆도 봐줘야 하지 않습니까?"

"그렇겠지. 하지만 체질상 그게 안 되오."

피월려가 순순히 인정하자, 구양모가 머쓱하게 말했다.

"의외입니다. 모르셔서 그렇지, 지부에서도 대주를 존경하는 마인이 허다합니다. 그런데 대주께서는 정작 등을 맡길 사람도 없다니, 참 모순입니다."

"후빙빙 장로께서 말하길 본부에선 나 같은 사람은 자주 출현한다 하오. 마공의 특성상 젊은 나이에 갑자기 극강의 고수가 되어 한때 마인들 사이에 회자되지만, 그대로 쭉 가는 사람은 거의 없다고……. 지부장께 죽은 사사마검 북자호 장로도 그런 경우였다 하오. 나도 이제 시작일 뿐이오."

"전 그 장로랑 말을 섞기는커녕 얼굴 한번 제대로 본 적도 없습니다. 장로회에서 최고라 들었는데 그런 대마인과 말도 섞어본 적 없는 제 입장에선 배부른 소리만 하시는 겁니다."

"……."

어색한 식사는 말없이 이어졌다. 식사가 막 끝날 무렵 한 사내가 그 굴 안으로 들어왔다.

구양모가 돌아보지도 않고 물었다.

"애들은?"

"각자 자기 틈새에 잘 있습니다."

"수상한 건 없었고?"

"예. 근데 그 고기 좀 남은 겁니까?"

"그래, 먹어라."

사내는 칼이라도 출수할 기세로 보법을 펼쳐 남은 고기를 낚아챘다. 그리고 입으로 가져가면서 피월려와 눈이 마주쳤다.

"어, 깨어났습니까?"

피월려는 고개를 살짝 숙였다.

"십겸마이오."

"아… 예. 뭐, 전 진드기라고 부르시면 됩니다."

"진드기? 그것이 이름이오?"

"그것 말고는 없습니다."

말을 마치자 그는 입에 서둘러 고기를 집어넣었다.

그 모습이 애처로워 보여 피월려는 별다른 말을 하지 않았다.

그가 대답을 하면, 씹던 고기들이 그의 얼굴 위로 뱉어질 것이 자명했기 때문이다.

구양모가 대신 말했다.

"본능에 충실한 놈입니다. 그래도 머리는 좀 돌아가는 놈이라 오른팔쯤으로 생각하는 놈입니다."

진드기는 정신없이 먹느라 그 말을 듣지도 못한 듯싶었다. 피월려는 물을 더 마셨고, 서서히 곧 몸의 기운이 돌아오는 것 같았다.

그러나 열흘이 넘게 움직이지 않은 근육이 제 기능을 하기 위해선 얼마나 오랜 시간이 필요한지 피월려도 알 수 없었다.

피월려가 말했다.

"전력을 묻지 않았군. 몇 명이나 더 있소?"

"대주님과 저를 제외하면 셋입니다. 모두 절정급은 못 됩니다만."

"저쪽은?"

"모릅니다. 일단 저쪽에서 생각하기 어려운 서쪽으로 나와 자리를 잡은 겁니다. 대주께서 일단 회복만 하시면, 저쪽이 누구든 살아날 확률이 높지 않습니까?"

"산서성도 백도가 득세하는 지역이오. 자칫 잘못하면 백도의 초절정고수를 마주칠 수도 있소."

"지금은 아닐 겁니다. 태원이가의 몰락으로 혼란스러운 상황입니다. 안양이 산서와 가까워도 산서의 백도무림이 인원을 보낼 수는 없을 겁니다."

"나는 그게 의심스럽소. 지금까지 우리가 알던 백도의 상황이 전부 속임수일 수 있다는 생각이 드오."

"어째서입니까?"

"황궁의 백운회와 하북팽가를 필두로 한 북쪽의 지방 호족. 그리고 백도무림의 세력들……. 이들의 세력 판도가 내가 알던 그대로라면 안양에 그런 일이 벌어졌을 리 없소. 뭔가 우리가 모르는 것이 있는 것이오."

"이것이 악수가 될 수도 있군요."

"일단은 회복하는 데 전념하도록 하겠소. 그동안 밖의 상황을 면밀히 살펴주시오."

"존명."

피월려는 눈을 감았다. 그는 누워 있는 상태 그대로 운기조식을 시작했고, 그걸 본 진드기가 입을 닦으며 구양모에게 물었다.

"누워서도 운기조식이 가능합니까? 저럴 줄 알았으면 뭣 하러 가부좌를 틀고 앉아 있는지……."

구양모가 냅다 진드기의 머리를 후려갈겼다.

"으악!"

"녀석아, 안 그대도 다루기 힘든 마공을 익히면서 가부좌도 안 틀면 바로 저세상이다. 행여나 할 생각하지 마라. 웅?"

진드기는 억울하다는 표정으로 머리를 쓰다듬으며 중얼거렸다.

"아 씨, 알겠습니다요, 형! 님!"

구양모는 한 번 더 똑같은 자리를 때렸다.

"아악!"

"대주란 말이 그리 어렵냐!"

진드기는 한동안 머리를 부여잡고 놓지 못했다.

제팔십사장(第八十四章)

위기는 생각보다 일찍 찾아왔다.

반나절간 운기조식을 마치고 몸을 일으킨 피월려는 여전히 육신이 무겁다는 기분을 지울 수 없었다. 단순히 물리적인 면을 떠나서 내력의 흐름 또한 곳곳이 막혀 버린 것처럼 부자연스러웠다. 그는 몸을 일으키며 자기도 모르게 손을 올렸는데, 그의 오른손엔 태극지혈이 그리고 왼손엔 소소가 따라 올라왔다.

그것이 시야에 잡혔어도 그 무게가 느껴지기까지 몇 번의 호흡이 필요했다.

내상의 회복을 위해 무의식에 빠져 있던 피월려의 몸이 회복될 당시, 자연스레 발동한 태극음양마공이 태극지혈과 소소와 함께 운기되었기 때문에 그는 쓰러진 이래 지금까지 그 둘을 놓지 않고 있었던 것이다.

　그런데 영안을 통해 들어오는 시야에 이상한 점이 있었다.

　"어?"

　피월려는 눈꺼풀을 몇 번이나 깜박였지만, 변함이 없었다. 영안을 얻고 나서부터 태극지혈에 반쯤 겹쳐 보였던 역화검이 그의 오른손에 있던 것이 아니라 왼손에 있었기 때문이다. 다시 말하면 태극지혈에 겹쳐 보인 것이 아니라 소소에 겹쳐 보였다.

　"소소(銷簫)에 역화검이…… 왜지?"

　그러나 그의 의문은 천지를 진동시키는 굉음에 완전히 증발해 버렸다.

　쿵!

　휘청거리는 피월려의 머리 위로 돌 부스러기가 흘러내렸다. 수천 년의 세월 동안 비바람에 맞서 굳건히 서 있던 석봉이 갑자기 무너질 리 만무할 터.

　그 충격은 인위적인 것이 분명했다. 피월려는 석봉의 크기가 얼마나 되는지는 몰랐지만, 사람이 안에 있을 수 있을 만한 크기이니 적어도 딱 봐서 한눈에 들어올 만한 크기는 아닐 것이라 생각했다. 그런데 그런 크기의 석봉이 이 정도로 흔들렸다면, 중(重)으로 드높은 성취에 이른 무림인이 아니고서야 불가능했다.

"회복이 끝나서 깬 것이 아니라, 이것 때문에 깬 것이군."

피월려는 눈을 감고 면밀히 몸을 확인했다. 그의 몸은 아직 누군가와 전력으로 싸울 수 있는 몸이 아니었다. 하지만 지금 그에겐 싸우는 것 외엔 선택지가 없었다.

피월려는 태극지혈을 잡은 손에 힘을 주고 옥소를 품에 넣었다.

그러자 놀랍게도 영안의 비춰진 역화검이 다시 태극지혈과 겹쳐 보이기 시작했다.

그는 또다시 생기는 의문을 죽이고 그가 있던 틈새에서 나와 주변을 보였다.

처음 그를 마주하는 건, 피부의 털을 얼릴 만큼 차가운 바람.

절대 봄에 마주할 만한 녀석이 아니다.

적어도 만년설이 있을 법한 높이의 산에 중간 지점은 올라가야 만날 수 있는 한기였다. 게다가 피부를 때리는 강도도 절벽 사이를 드나드는 강풍(强風)의 것이 아니면 설명이 되지 않았다.

피월려는 고개를 내밀고 밖을 보았다.

떨어지면 사지가 남아나지 않을 만한 낭떠러지. 시체 한 점 하나 남기지 못하고 피떡이 될 만한 높이였다. 아무리 적게 잡아도 스무 장은 족히 넘어 보인다.

"대주님!"

강풍을 뚫고 사람의 목소리가 들리자 피월려는 그쪽으로 고개를 돌렸다.

그곳에는 석봉에 있는 또 다른 틈새에서 피월려와 같이 고개를 내밀고 있는 구양모가 그에게 손짓하고 있었다. 피월려는 주변을 둘러보며, 구양모의 대원들을 찾아보았고 곧 여기저기 틈새에 숨어 있는 대원들이 눈에 띄었다.

탓! 타악! 탁!

숨넘어갈 듯 경사진 바위 틈을 몇 번의 발놀림으로 쉽게 넘어온 구양모가 피월려가 있던 틈새로 들어왔다. 그는 손가락으로 아래 한 부분을 가리키며 말했다.

"저 아래에서 한 백도 고수가 이 석봉을 무너뜨리려는 것 같습니다."

피월려가 그곳을 자세히 보니, 분명 몇몇의 백도 고수들이 칼을 빼 들고 피월려 쪽을 바라보고 있었고, 그중 큰 덩치를 가진 한 장사가 주먹을 모으는 시늉을 하고 있었다. 보통 사내보다 두 배는 더 큰 몸집에 키도 남들보다 머리 두 개는 더 있는 것 같은 그 장사는 상의를 벗고 있었는데, 그 위로 꿈틀

거리는 근육은 피월려가 있는 그 높은 곳에서도 뚜렷하게 보일 정도로 대단했다.

피월려는 눈의 초점을 모았고, 곧 그 장사의 머리에 머리카락이 전혀 없다는 것을 확인했다.

"소림파군."

"아마 교주께서 소림파를 멸문시킬 때, 외부에 있어 운 좋게 목숨을 건진 자일 것 입니다."

"보아하니 이 거대한 석봉 자체를 쓰러뜨리려는 것 같은데, 위로 올라온 백도 고수는 없소?"

"이런 지형에선 백도 놈들도 다수가 죽을 걸 각오해야 하고, 또 저 땡중도 소림파의 무공을 자랑하려는 것 아니겠습니까? 뭐, 뻔합니다. 다른 놈들은 솔직히 죽기 싫고, 저 소림파 고수도 소림파가 아직 살아 있다는 걸 증명하고 싶고……. 그런 이해관계에서 일어난 싸구려 촌극입니다."

"이 석봉이 쓰러질 가능성은 없다고 보시오?"

구양모가 기분 나쁜 미소를 지으며 말했다.

"대주께선 설마 이런 거대한 석봉이 주먹으로 몇 번 내려친다고 쓰러지리라 믿습니까? 저 소림파 땡중이 아무리 장사라도 그건 불가능할 겁니다. 그런 괴력이 있을 만한 고수라면 진작 올라왔을 겁니다."

"백도 고수들은 실전을 위한 무공을 익히기보단 수련을 위한 무공을 익히는 경우가 많소. 예를 들면 실전에선 이미 충분히 필요한 힘을 갖췄고, 다른 쪽을 수련하는 것이 더 효율적이라 할지라도 계속 힘만을 수련하는 것이지. 무(武)에 관한 생각이 다른 것이오. 흑도에서 무위란 곧 살상력. 얼마나 상대를 잘 죽이느냐 그뿐이지만, 그들에게 무는 하나의 도(道)이오."

"그런 멍청한 짓을 왜 합니까? 아니, 그런 멍청한 짓을 하는데, 아직까지 백도무림이 건재한 게 말이 안 됩니다."

"모순적이게도 그런 자들이 모여 합격진을 이루면 일과 일이 모여 삼을 낳는 효과를 얻게 된다는 것이오. 합격진은 각각의 강한 측면을 모두 모아 부각시키기 때문이오. 반면 흑도 고수들은 모두 자기한테만 효율적인 무공을 가지고 있기 때문에 일과 일이 모이면 이도 못 되는 경우가 허다하고."

"……."

"그렇기에 이쪽으로 올라와서 싸울 실력은 되지 못하여도 이런 거대한 바위를 무너뜨릴 괴력은 지닐 수는 있다는 것이오. 특히 백도인들은 자존심이 강해서, 탈진을 하더라도 반나절이고 하루고 무조건 석봉을 무너뜨리려 하겠지."

"그놈들이 좀 무식하긴 하지요. 하여간 서둘러 길을 모색해야겠습니다. 백도 놈들 특기가 떼를 지어 다니는 것 아니겠습니까? 이대로 있다간 사방에 둘러싸일 겁니다."

"아니, 내게 더 좋은 방안이 있소."

"뭡니까?"

"먼저 선수를 치는 것이오."

구양모는 고개를 갸웃했다.

"지금 명하신 겁니까?"

"아직은."

"설마 했습니다. 엄연히 같은 대주의 위치에 있는데 혹 착각이라도 하셨는가 해서 말입니다."

피월려는 짜증이 솟구쳤지만 인내했다. 현 상황도 상황이고 그는 지금 부상을 입은 상태였기 때문이다.

구양모도 애초에 피월려가 뭐라 하지 못할 걸 아니까 그런 것이고, 그게 피월려를 더 짜증 나게 만들었다.

조금은 괜찮다 싶었는데, 구양모는 참으로 호감을 유지하기 어려운 사내다.

"그럴 생각 없소. 의견을 나누는 것뿐이오."

"그럼 이유나 들어봅시다."

설마, 구양모식 장난인가?

익살스럽게 웃는 구양모의 표정은 피월려에게 전혀 익살스럽게 다가오지 않았다.

"우선 저 무리는 다른 무리와 동떨어진 자들일 것이오. 아마 상부의 명령을 무시하고 단독적으로 행동하는 것이겠지."

"왜 그렇게 보십니까?"

피월려는 눈을 가늘게 뜨고 그 아래 옹기종기 모여 있는 백도 고수들을 찬찬히 살폈다.

"우선 소림파 고수를 필두로 모인 자들인데, 옷을 보면 대부분 태원이가의 고수들인 것을 알 수 있소. 그리고 종남파 고수도 하나 있는데, 이들은 모두 한 가지 공통점이 있소."

"백도인 것은 저도 아는 것이고, 뭡니까?"

"바로 나와 직간접적인 원한이 있는 사람들이라는 것이오."

"아, 그러면 저들은 피 대주를 쫓아온 자들이겠군요. 그런 것치고는 실력들이 좀 보잘것없지 않습니까?"

"그래서 상부에서 특별히 나를 쫓기 위해 보낸 자들이 아니라 명령을 어기고 단독 행동을 하는 자들이라는 것이오. 아마도 내게 원한이 있는 자들끼리 모여 나를 추살하기 위해 무리에서 이탈한 듯싶소."

피월려가 그렇게 생각하는 이유는 또 하나가 있었는데, 바로 제갈토와의 관계 때문이다.

제갈토는 그에게 영안을 주면서까지 도우려 했다. 그 속셈이 뭔지는 모르지만, 지금 이 자리에서 죽기를 바라지는 않을 터.

지금 따로 인원을 꾸려 피월려를 추살하라는 명령을 했을 리가 없다.

피월려는 그것을 말하지 않았다. 제갈토와의 관계를 밝히면 첩자라고 오해받을 수 있었기 때문이다. 그런데 구양모는 무언가 눈치를 챈 듯 말을 꺼냈다.

"그리고 또 뭐가 있습니까? 뭔가 더 확실한 것이 있는 것 같은데."

피월려는 평소 협소한 구양모의 성격 때문에 무의식적으로 그를 무시해 왔던 터라, 가끔씩 이런 그의 날카로운 면에 놀랐다.

괜히 그를 따르는 사람이 있는 것이 아니다.

피월려는 내색하지 않고 담담하게 받아쳤다.

"저기, 보이시오? 팔짱 낀 청년 고수 말이오."

그가 가리키는 손길 끝에는 팔짱을 끼고 피월려를 실기 어린 눈빛으로 올려다보는 태원이가의 청년 고수 한 명이 있었다.

"예, 보입니다. 태원이가 놈들이 은근히 떠받드는 것이 그들 중 가장 고수가 아닌가 합니다만."

구양모도 자세히 보니, 그의 얼굴과 눈빛에서 자연스레 흘러나오는 고수의 풍모를 느낄 수 있었다.

피월려가 말했다.

"저 얼굴을 본 적이 있는 것 같소. 이름이 아마 이백진……. 내 한번 격돌했던 적이 있소. 그땐 일류쯤으로 보였소. 그러나 태원이가의 무인이라면 최근 강해질 수 있는 기회가 많아 절정에 올랐을 수도 있겠군. 그는 전에 내게 땅끝까지 쫓아가 복수하리라 엄포를 놓은 적이 있소. 아마도 그 일을 오늘 이루려는 것이겠지."

이는 거짓말이다.

이백진은 상옥곡 근처에서 피월려와 류서하가 합공하여 죽였었다.

다만 피월려는 그렇게 지어냈고, 구양모는 쉽게 그를 믿었다.

피월려가 거짓말을 할 이유가 없다고 생각했기 때문이다.

구양모가 입술을 이죽거리다가 이내 말했다.

"저게 끝이라면… 부상당하셨다 해도 천마급이신 피 대주 혼자서도 감당할 수 있지 않습니까?"

간단히 말하면, 지금까지 널 살렸으니 이제 그 보답을 하라는 뜻이다.

피월려는 고개를 돌렸다.

"부상이 완전히 회복되진 않았소. 내가 보니 저 소림파 고수도 절정급으로 보이는데, 아마 내가 감당할 수 있는 수준은 그뿐일 것이오."

구양모는 어이가 없다는 듯 말했다.

"말도 안 됩니다. 천마급이지 않습니까?"

대주는 같은 급이라 해놓고 이제 와서 천마급이라고 소리치는 구양모에게 피월려는 다시 한번 짜증이 치솟는 것을 느꼈다.

피월려가 차분히 말했다.

"물론이오. 그러나 소림파의 불공은 마에 극상성. 마인에게 있어 불공을 익힌 소림승만큼이나 극상성인 존재도 없소. 이 정도 부상을 입은 상태라면 나도 제대로 마기를 끌어 올릴 수 없어 큰 힘을 내지 못하오. 저 소림파 고수가 구 대주나 오대원들의 마공까지도 방해하지 못하게 하려면 나에게 완전히 집중하게 해야 하고, 그렇게 하기 위해선 나 또한 그 소림파 고수를 집중적으로 공격해야 하오. 그렇기에 나머지는 구 대주와 대원들이 처리해 줘야 하오."

"그래도 천마급 고수면서 저 정도도 쉽게 처리하지 못한다는 게 말이나 됩니까? 천마급 고수면 지마급 열 명이 달려들어도 상처 하나 입히지 못하는 수준의 고수가 아닙니까?"

피월려는 구양모의 말을 듣고 말이 통하지 않는다는 것을 깨달았다.

구양모도 결국 보통의 무림인.

세상에 퍼진 정설에 빠져 있는 자다.

과연 그가 지금 상황에 진실을 깨달을 수 있을지는 미지수였으나, 피월려는 한 번은 시도해야 한다고 생각했다.

피월려가 진중한 목소리로 물었다.

"입신의 고수였던 진파진을 아시오? 황룡무가의 전 황룡검 주였소."

구양모는 얼굴을 꽉 구기면서 말했다.

"압니다. 자기 자랑이라도 하려는 것이면 그만두십시오."

"그것이 아니오. 내 말은 그가 누구에게 죽었는지 아냔 말이오."

"본 교의 합공을 받고 죽지 않았습니까? 피 대주와 함께."

"나는 그때 지마도 아니었소. 나 대주도 지마에 불과했고. 수백 명의 인원이 동원되었다고 하나, 모두 일류 아래 수준일 뿐. 검기만 몇 번 뿌리고 돌아선 것이 전부였소. 그리고 진파진을 몰아붙였던 천마급 고수는 단둘. 그들도 단 몇 초식을 감당하는 데 그쳤지. 그런 수준의 무인으로 입신의 고수를 쓰려뜨렸소."

"자기 딸에게 기습을 당한 거 아닙니까?"

"어떻게 지나 진 건 진 것이고, 어떻게 죽으나 죽은 건 죽은 것이오. 그건 낭인이었던 구 대주가 더 잘 알지 않소?"

"……."

평소 구양모가 항상 하고 다니는 말과 비슷한 말이었기에, 그는 꿀 먹은 벙어리가 될 수밖에 없었다.

"가도무라는 본 교의 고수를 아시오?"

"들어본 적이 있긴 합니다."

"그는 천마급 고수이오. 그런 그가 오대세가중 하나로 손꼽히는 사천당문을 홀로 격파시켰소. 이는 그가 아니라 교주가 했다 해도…… 아니, 입신의 고수였던 진파진이 했다 해도 믿기 어려운 것이오. 입신의 고수라고 하나 홀로 오대세가 하나를 박살 내는 것이 가능하기나 하겠소?"

"불가능하지요."

"그는 했소. 극한의 양공을 익히고 화공을 몸에 둘러, 사천당문의 장기인 독과 암기를 모조리 무력화시키면서."

"……"

"인마급 고수가 지마급 고수를 절대 이기지 못한다면 어찌 지마급 고수로 거듭날 수 있소? 지마급 고수가 천마급 고수를 이길 수 없다면 애초에 어찌 천마급 고수로 성장할 수 있었겠소? 내가 칼을 백만 번 휘두른다고 내 발이 빨라지진 않소. 내가 내공이 심후하다 하여 심계가 깊어지진 않소. 내가 사람을 많이 베었다고 독에 면역이 되지는 않소. 사람에겐 강점과 약점이 있고 매일매일 몸 상태가 다르며 각각의 버릇이 있는 법이오. 전력을 따졌을 때 불가능하다? 그것이야말로 개소리이오. 길고 짧은 건……"

피월려의 말을 구양모가 가로챘다.

"대봐야 안다. 그거, 나지오 그 형님이 입에 달고 사는 말이었습니다."

"맞소."

"그래도 여전히 개소리입니다. 저와 대원들은 모두 인마급. 인마급 마인 넷이서 절정고수와 일이류 고수 열 명을 상대하라는 겁니까?"

"다 추측일 뿐이오."

"그래도 수적 열세입니다. 게다가 그냥 고수들이 아니라 종남파와 태원이가의 고수들 아닙니까? 합격진을 펼치면 절정급도 감당해 내기 힘들 겁니다."

"감당해야 하오. 내가 저 소림파 고수를 감당해야 하는 것처럼."

"솔직히 말씀드리죠. 개죽음인 것 같습니다. 피 대주가 저와 대원들을 속이는 것일 수도 있지 않습니까?"

역시 상황이 긴박해지자, 낭인의 본색이 드러났다. 애초에 구양모와 그의 대원들은 안양의 싸움에서 여기저기 시체인 척하며 숨었던 자들이다.

함께 싸우자 하면 함성만 같이 지를 뿐, 자기 살 궁리부터 하는 기질이 뼛속까지 배어 있다.

피월려가 말했다.

"그랬다면 저 청년고수가 절정급일 수도 있다고 경고하지도 않았소. 그냥 사지로 몰아세웠겠지."

"……"

"도주만 해서는 절대 지마의 벽을 넘을 수 없소. 지마가 되지 못한 마인의 말로가 팔구 할 어찌 되는지는 잘 아실 것이오."

"……"

"나를 믿으시오. 이런 도박에 매번 살아남아 삼십도 되지 못한 이 나이에 천마에 이르렀소. 내가 보장하겠소. 이번 일을 겪고 나면 분명 지마에 오를 수 있는 길이 보일 것이오."

피월려의 차분한 말에도 구양모의 얼굴에 비친 불안과 의심은 더욱 깊어질 뿐이었다.

"아무리 생각해도 그냥 도주하……"

쿵!

쩌— 억!

거대한 바위가 쪼개지는 소리는 마치 살얼음판이 쩍 하고 갈라지는 소리를 수백 배로 증폭시켜 놓은 것 같았다.

한 번씩 파공음이 울릴 때도 몇몇의 산새가 날아올랐었지만, 석봉이 깨질 때 날아오는 산새의 숫자는 그보다 셀 수 없이 많았다.

허공을 가득 메울 정도다.

아마도 이대로 몇 번만 더 치면 완전히 무너져 내릴 것이 자명했다.

"소림승은 내가 떼어놓겠소. 다른 이들을 부탁하오."

"어떻게 떼어놓는단 말입니까?"

"곧 자연스레 알게 될 것이오."

피월려는 구양모에게 마지막 말을 남기며 몸을 던졌다.

탁!

어설픈 경공을 펼치며 내려가는 뒷모습은 참으로 믿음직스럽지 못했다.

구양모는 참으로 엉성하기 짝이 없는 그 꼴에 그나마 생겼던 용기마저 사라지는 것을 느꼈다.

멀리서 거시기가 큰 소리로 물었다.

"형님! 어쩌실 겁니까?"

구양모는 침을 딱 뱉으며 검을 뽑았다.

"별거 있냐? 따라와라."

"진짜 싸울 겁니까? 에이… 그냥 심검마가 시간을 버는 동안 줄행랑칩시다."

"옛날 개이득이 죽었던 그 싸움 기억하냐?"

"어제처럼 기억하고 있습죠. 설마……."

구양모는 침을 한 번 더 뱉었다.

"퉤, 따라와."

구양모도 경공을 펼쳐 절벽을 내려가기 시작했고, 거시기와 똥자루 그리고 진드기는 서로를 두리번거리며 쳐다보다 곧 구양모의 뒤를 따랐다.

탁!

바닥에 착지한 피월려는 그를 향해 비처럼 쏟아지는 시선들을 담담하게 받아내며 얼굴을 굳혔다.

그는 경공에 조예가 없는 탓에 절벽을 내려온 것만으로도 혈관이 부풀어 오르는 것 같았다. 그가 용안심공으로 적을 훑자 머리가 띵 하며 울렸다. 몸뿐만 아니라 정신도 완벽히 회복하지 못한 것 같았다.

피월려가 중얼거렸다.

"하늘에서 떨어지는 동안, 공격을 하지 않다니. 아무리 백도가 겉치레가 심하다지만 철천지원수를 앞에 두고도 예를 갖추는가?"

피월려는 마인이라고 생각되지 않을 만큼 마기의 잔향이 드러나지 않았다.

백도 인물들 중 그의 얼굴을 모르는 사람들은 그가 심검마임을 의심하는 눈초리로 보았고, 특히 마기에 민감한 소림파 고수는 태원이가의 고수에게 묻기까지 했다.

"저자가 정말로 심검마이오?"

그의 말에 태원이가의 청년고수가 대답했다.

"난 저 얼굴을 확실히 아오. 저자가 심검마이오. 마기를 모두 갈무리하였을 뿐, 그 안에 광포한 마인의 기질이 숨겨져 있으니, 저 평범한 얼굴에 속지 마시오."

그러곤 그는 앞으로 나오며 피월려에게 말을 이었다.

"본래 태원이가는 예를 중요시하는 백도문파이다. 뿌리부터 비겁하기 짝이 없는 마교 놈의 머리론 이해하지 못하겠지. 이해한다. 오늘 나 이태성이, 이성, 이세우. 이상후, 이백진 및 네게 죽은 수많은 태원이가의 협객의 원혼을 위로하겠다."

"예를 중요시하는 게 아니라 체면을 중요시하는 거겠지. 이곳에 다른 백도 고수들이 없었다면 진작 검기를 뿌렸을 거다."

피월려의 말에 이태성은 코웃음을 쳤다.

"흑도에선 이젠 망상까지 하며 백도를 폄하하는군. 가진 것 하나 없는 하찮은 것들이니 상상밖에 할 것이 없겠지."

도발에 넘어오기는커녕 입씨름에서 밀리지 않는 것이, 괜히 치기 어린 마음에 사문의 복수를 하겠다고 그를 무작정 쫓아온 놈은 아니다.

얼굴은 앳되어 보였으나, 심계와 실력은 노강호처럼 느껴졌다.

그런 자가 이런 인원을 이끌고 왔다? 피월려도 모르는 어떤 함정이 준비되어 있을 가능성이 있었다.

싸움이 쉽게 흘러가지만은 않을 터.

답은 간단하다.

피월려는 용안으로 소림승을 찬찬히 보았다.

주먹에 붕대를 감고 있는 그 장사는 가만히 서 있음에도 불구하고 그가 지닌 괴력이 겉으로 흘러나오는 것 같았다.

뒤에 선 두세 명의 남자를 완전히 가릴 정도로 거대한 상체에는 그 근육이 피부 아래에서 개별적으로 호흡하는 듯했다. 사람의 근육 중 저런 근육이 있었나 하고 의구심이 생길 만큼 자잘한 근육까지 그 존재를 드러내고 있으니, 심후한 내공만 받쳐준다면 그 근육들을 통하여 산도 들어 올릴 것이다.

피월려는 좀 더 자세히 그 소림승을 들여다보았다.

무림인에게 있어 근육은 단순히 힘을 내는 곳을 넘어서, 내력을 방출하기 위한 통로이기도 하다.

통로가 넓다면 그만큼 한 번에 쏟아부을 수 있는 내력의 절대량이 많아지고 때문에 그런 무림인들은 무서운 무기를 통해 그 이점을 끝까지 이어나간다.

그러나 그 소림승에겐 눈을 씻고 찾아봐도 무기가 일절 보이지 않았다.

하다못해 흔하디흔한 수투도 없는 주먹은 흙과 먼지로 더러워진 천 쪼가리에 감싸져 있을 뿐이다.

"나무아미타불. 심검마의 혼탁한 심공으론 빈초의 마음을 감히 헤아리지 못할 것이오. 그 심검 또한 내겐 통하지 않소."

확실히 피월려는 그에게서 외적으로 보이는 것 외에 다른 것을 발견할 수 없었다.

또한 영안으로 봤을 때는 금색의 영기(靈氣)만 그의 주변에 어렴풋이 보일 뿐이었다.

그것은 익힌 불공이 영적으로 드러난 것뿐이지 어떤 이면의 것이 아니었다.

피월려는 용안심공을 더욱 활성화하여 더 읽을까 고민했지만 이내 마음을 접었다.

무상무념을 기반으로 한 금강부동심법.

이는 마음을 완진히 비워낸다.

즉 읽고 못 읽고의 문제가 아니다.

읽을 수 있어도 읽을 것이 없는데 어찌 읽을 수 있단 말인가?

애초에 피월려는 금강부동심법의 부동심과 황홀경과 조화시켜 용안심공을 얻었다.

그렇기에 금강부동심법을 익히는 소림고수의 마음을 읽을 수 없다는 건 누구보다도 그가 더 잘 알았다.

피월려는 이태성에게 다시 시선을 돌렸다.

"멸문한 소림의 땡중을 데려와서 자신감이 과하구나. 불공으로 내 마기를 억누른다 하여 하늘에 이르는 마기를 얻은 날 상대할 수 있다고 보는가? 힘이라면 마공도 뒤지지 않지."

이태성은 한 걸음 앞으로 나오며 말했다.

"네가 내상을 당한 것을 알고 있다, 심검마. 지금 네 혓바닥이 길다는 게 그 반증이지."

"……."

이태성은 태원이가의 고수들과 다른 백도인들에게 눈짓하며 소림승에게 말했다.

"부탁하겠소, 혜능 대사."

혜능 대사라고 불린 소림승은 합장(合掌)하는 자세로 손을 모으고 불경을 읊조리기 시작했다.

그러자 용안으로 보이던 금색 기운이 실질적인 색을 띠며 그의 몸에서 은은하게 풍겨 나왔다.

그의 장대한 근골과 심후한 내공을 기반으로 뿜어지는 금색 기운은 서서히 산속을 메웠고, 급기야 온 세상이 금색으로 덮였다.

탓! 탓! 탓!

피월려 옆과 뒤로 착지한 구양모, 진드기 그리고 똥자루는 그 기운에 동시에 얼굴을 찌푸렸다.

구양모가 소림승을 노려보며 말했다.

"항마(降魔)의 기운인지, 호흡을 한 번 할 때마다 몸 안에 마기가 사라지는 것 같습니다. 영 좋지 않군요."

피월려가 말했다.

"생각보다 더 상황이 좋지 않을 수 있소. 일단 내가 저 소림 승을 직접 상대하여 저 항마의 기운을 끊어볼 테니, 다른 자들을 책임져 주시오."

"알겠습니다."

피월려는 태극지혈을 높게 들고 보법을 펼쳐 소림승에게로 빠르게 다가갔다.

마음이 읽히지 않아, 다음 수를 읽을 수 없었던 그는 가장 안전하고 가장 확실한 정공법으로 정평이 나 있는 선수법을 사용했다.

바로 중앙을 찔러 상대의 반응을 보는 것이다.

피하거나 막거나 흘리거나, 혹은 의외로 창의적인 수를 보여주거나.

수많은 무림인은 자기만의 무공과 방식으로 이 수를 받는다.

때문에 작은 이 한 수에도 상대방의 기본적인 정보를 얻을 수 있었다.

피월려도 지금껏 이 공격을 하면서 단 한 번도 똑같은 방식의 방어 방법을 본 적이 없을 정도로 사람들은 다양하게 반응했다.

그러나 기필코 지금과 같은 반응을 보여준 자는 없었다.

혜능 대사는 합장하는 자세 그대로 가만히 있을 뿐이다.

피월려는 물론이고 태원이가의 고수들조차 혜능 대사의 부동을 보고 믿지 못하겠다는 눈빛으로 쳐다봤다.

거리는 일 척이 되었다.

설마 천마급 마인의 마기를 두른 태극지혈을 몸으로 그대로 받아낼 자신이 있다는 것인가?

거리가 일 척의 반이 되었다.

피월려의 용안은 작은 움직임의 흔적이라도 찾기 위해 혜능 대사의 모든 것을 훑어보았지만, 어떠한 것도 읽을 수 없었다.

거리가 반 척의 반이 되었다.

피하기는 고사하고 막을 수도 없는 거리임에도 혜능 대사는 여전히 가만히 있었다.

거리가 반의 반 척의 반이 되었다.

피월려는 검을 멈췄다.

그 검은 혜능 대사의 피부에 닿을 듯 고정되었다.

"무슨 수작이지?"

혜능 대사가 태연히 눈을 감으며 호흡을 내뱉었다.

"나무아미타불 관세음보살."

피월려는 황홀경의 무한한 시간 동안 추측했던 가장 가능성 있는 답을 솔직하게 물었다.

"몸에 검이 닿으면 내 마공을 항마하는 특수한 불공을 익혔나?"

피월려의 질문에 구양모는 그가 중간에 검을 멈춘 이유를 그제야 알겠다는 듯 고개를 끄덕였다.

설마 그 찰나에 그런 생각을 했다니, 과연 심검마라는 생각이 들었다.

그러나 혜능 대사는 그의 의심을 무참히 깨부쉈다.

"낙성혈신마는 본인의 꾀에 속아 넘어간 것이오."

"간만에 들어보는 별호야."

"소림에게 빼앗은 심(心)으로 얻은 별호를 빈초가 말할 수 없음을 이해하시오."

"……."

안다.

혜능 대사는 피월려가 금강부동심법의 깨달음으로 심검을 얻었다는 것을 안다.

그가 눈을 찬찬히 뜨며 피월려를 보았다. 그 혜능 대사의 빛나는 눈 속에서 피월려는 자신의 모습 외에 아무것도 찾을 수 없었다.

"낙성혈신마의 타심통(他心通)은 법력이 더 높은 내게 무효하오. 또한 하늘을 어지럽히는 마공 또한 불공을 익힌 내게 무효하오. 낙성혈신마의 두 송곳니가 내겐 무익하니, 순순히 검을 내려놓으시오."

피월려는 입술을 비틀었다.

"실책이군. 내면에 갈무리된 기운을 전혀 읽지 못했어. 초절정인가?"

"내가 초절정이라면 나와 싸우지 않을 것이고, 내가 초절정이 아니라면 나와 싸울 것이오? 빈초의 아둔한 눈으로도 하늘에 이르는 마기를 지닌 낙성혈신마의 수준이 그 정도는 아니라 보오."

"그렇지."

"순순히 포박을 받으면 생명은 보존하실 수 있을 것이오."

"저 살기등등한 태원이가의 고수들을 상대로 내 목숨을 보전할 수 있으리라 보는가? 게다가 본 교는 그대의 사문을 멸문했다. 그 복수를 하지 않는다?"

"소림의 이름을 걸고 그대의 목숨을 보존하리다. 참회는 죽음으로 하는 것이 아니오."

"……"

"검을 버리시오. 아실 것이오. 이미 낙성혈신마는 내 권공의 범위 안에 있소."

"그렇지. 멍청하게 내가 왔지. 가만히 서 있는 걸로 나를 권경(拳境) 안에 끌어들이다니, 역시 태산북두 소림은 소림이야."

중인들은 하나같이 소리 없는 탄성을 질렀다.

혜능 대사는 가만히 서 있는 것으로 검보다 권이 더 유리한 초근거리로 싸움을 유도한 것이다.

그가 포기한 건 오로지 생명에 집착하는 생존 본능.

그것을 완전히 포기함으로써 피월려에게 의심을 불어넣은

것이다.

혜능 대사가 이미 승리한 사람인 것처럼 담담하게 말했다.

"투항하시오."

"꺼져."

피월려는 태극지혈에 마기를 주입하며 보법을 밟았다. 아니, 밟으려 했다. 그러나 시야가 순간 캄캄해지는 것을 보고 생각을 고칠 수밖에 없었다. 그는 서둘러 보법을 펼쳐 뒤로 움직였다.

그의 얼굴을 향해 날아오는 혜능 대사의 주먹은 그의 얼굴보다 더 컸다.

부우우웅!

절벽 위 광풍 수준의 바람을 인위적으로 만들어내는 혜능 대사의 주먹은 그렇게 빠르지 않았다.

그러나 단 한 대만 맞아도 그대로 죽음을 면치 못할 가공할 기운을 품고 있었다.

피월려의 내력으로 몸을 보호하려 한다 한들 의미가 없는 수준의 힘.

피월려는 본능적으로 혜능 대사가 피월려의 힘으로는 도저히 방어할 수 없는 위력을 유지하면서 낼 수 있는 최고의 속도로 그를 공격한다는 것을 깨달았다.

그는 금강부동신법을 펼쳐 태극지혈을 든 그대로 오른쪽으로 물러났다. 그러자 찰나 뒤, 혜능 대사가 합장하는 자세로 그와 함께 움직였다.

똑같이 둘 다 금강부동신법을 펼치니, 마치 둘을 공중에 고정시켜 놓고 세상을 뒤로 움직이는 것과 같은 광경이 연출되었다.

쿵! 쿠쿵! 쿠웅!

피월려가 혜능 대사의 주먹을 한 번씩 피할 때마가 그 경로 뒤쪽에 있는 나무가 쓰러지고 바위가 깨지며 땅이 움푹 파였다.

한번 초근거리를 내주니 검보다 권이 빠른 건 자명한 사실. 혜능 대사는 공격을 하면서도 피월려와의 거리가 멀어지는 것을 조금도 용납하지 않았다.

쿵! 쿠웅! 쾅!

혜능 대사는 빠르지 않았다. 그렇기에 피월려는 굳이 검을 쓰지 않는다는 가정하에 반격할 기회도 많았다. 그러나 피월려는 단 한 번도 반격하지 않았다.

아니, 하지 못했다.

반격을 하여 손을 내지르든 발을 휘두르든 했다가는 혜능 대사에게 치명상을 입힐 순 있더라도 날아오는 그의 주먹에 맞아 그대로 절명할 것이 분명했기 때문이다.

다행인 점이 있다면 혜능 대사의 몸에서 뿜어져 나오던 항마의 기운이 다소 누그러져 구양모와 대원들에게 영향을 끼치지 못한다는 점이었다.

혜능 대사와 피월려의 보법은 중원 최상급 보법인 금강부동신법이라, 구양모도 백도 고수들도 도저히 끼어들 틈을 찾을 수 없었다.

특히나 금강부동신법은 다른 보법과 궤를 달리하는 특수한 것이기 때문에 상황이 어떻게 돌아가는지 파악하는 데만 급급할 뿐이었다.

구양모는 이제야 소림승을 홀로 떼놓을 수 있다는 피월려의 말이 무슨 뜻인지 알 수 있었다.

태원이가의 고수들은 서서히 구양모와 대원들을 감싸기 시작했다.

구양모가 이태성을 향해 말했다.

"이백진이라 했나?"

"내 이름은 이태성이다."

"참 나, 거짓말이었군."

구양모의 중얼거림을 잘 듣지 못한 이태성이 되물었다.

"무슨 말을 하려는 것이지?"

구양모는 입술을 삐쭉이며 말했다.

"여기 모인 이유는 바로 심검마에게 개인적인 복수를 하려는 것이지 않나? 그렇다면 나와 대원들과는 상관이 없는 일이다."

"뭐라?"

구양모는 애써 미소를 지었다.

"그는 우리의 상관이 아니다. 우리는 그를 섬길 이유가 없지. 따라서 그쪽에서 심검마의 목을 자르든 말든 우리와는 아무런 상관도 없다는 말이다."

"호오⋯⋯. 이제 보니, 심검마의 뒤통수를 치겠다는 것인가?"

"그래, 그러니 우리는 그냥 보내줘라. 가문의 복수를 하고자 하면 저놈에게 전력을 쏟아부어야 하지 않겠나?"

이태성은 하늘을 올려다보며 크게 광소했다.

"크하하! 크하하! 십만대산에 거주하는 마교도 참으로 별거 없구나. 중원을 정벌하겠다느니 지껄이는 놈들이 시정잡배나 파락호가 하는 짓거리를 하다니."

"알겠으니까, 보내주는 건가? 이 주변에 마교의 고수들이 있는 것도 아니고, 우린 이대로 떠나서 다시는 돌아오지 않을 것이다."

이태성은 갑자기 웃음을 뚝 멈추고 살기등등한 표정으로 그를 바라봤다.

"닥쳐라! 벌레만도 못한 놈들. 너희들은 모두 여기서 죽을 것이다."

툭.

구양모는 검을 버렸다. 그리고 최대한 비굴한 표정으로 말을 이었다.

"진심이다. 이대로 그냥 뒤도 안 돌아볼 것이다. 제발……."

이태성은 이젠 분노가 아닌 혐오를 표정에 담았다.

"진짜… 기분이 더러워지는군. 오물 같은 놈들."

이태성은 천천히 구양모의 앞으로 걸어왔다. 구양모는 겁을 집어먹으며 시서히 무릎을 꿇었고, 결국 이태성이 그를 처형하는 것과 같이 되었다.

이태성은 하늘 높이 양손으로 검을 들었다.

"저승에서 묻거든, 무림인이라 하지도 마라."

그렇게 말은 하고 있었으나 실은 이태성의 머리는 바쁘게 돌아가는 중이었다.

무언가 속셈이 있는 것이라 생각했기 때문이다. 그는 행여나 구양모가 반격이라도 할까 은근히 구양모의 검을 밟고 있었고, 어디선가 화살이라도 날아오지 않을까 쉴 새 없이 눈을 굴렸다.

그럼에도 수상한 점을 찾지 못하자, 정말로 구양모의 비굴한 모습을 믿었다.

멍청한 놈.

이태성은 검을 아래로 휘둘렀다.

그러나 그의 검은 떨어지지 않았다.

왜지?

이태성은 다시 검을 휘둘렀다.

그러나 역시 검이 움직이지 않았다.

대신 움직인 건 세상.

그는 머리 없는 자기 몸을 보는 것을 마지막으로 생을 마감했다.

구양모는 쓰러지는 육체가 밝고 있던 검을 서둘러 집어 들면서, 땅속에서 튀어나온 거시기의 머리를 한번 털어주었다.

"잘했다, 이놈아."

그제야 백도 고수들은 상황을 판단할 수 있었다. 다만 구심점을 잃어 즉각 반응하지 못했고, 때문에 구양모와 대원들에게 선공을 내주게 되었다.

"크악!"

"커억!"

두 번의 비명이 나오고 나서야 그들은 정신을 차리고 한곳에 모여 구양모와 대원들을 상대로 검을 빼 들었다. 남은 자는 총 여섯인데, 태원이가의 고수가 다섯이고 종남파 고수가 하나였다.

구양모와 대원들은 미련 없이 등을 돌렸다.

"어? 저!"

당연히 싸움에 임할 줄 알았던 백도 고수들은 그대로 줄행랑을 치는 구양모와 대원들을 보고 당황하여 어찌할 바를 몰랐다.

"쪼, 쫓아라!"

"잡아라!"

"자, 잠깐!"

막 경공을 펼쳐 쫓아가려던 그들을 멈춰 세운 건 종남파의 인물이었다.

그는 신음을 흘리고 있는 고수 곁에서 그들의 상태를 살피고 있었다.

그가 말을 이었다.

"이 둘은 치명상을 당했지만 지혈하고 내력을 복구하면, 목숨은 건질 수 있다. 둘은 남아서 각각 이들을 치료해야 해."

태원이가의 고수 중 한 명이 말했다.

"미안하지만, 태원이가의 검객을 죽인 놈들을 쫓는 것이 우선이다."

종남파 고수가 얼굴을 일그러뜨리며 윽박질렀다.

"치명상을 입은 자가 태원이가라도 그런 말이 나올 텐가!"

"죽은 이가 태원이가이기에 추살하는 것이다. 가자!"

태원이가의 고수는 종남파 고수를 무시하고 발길을 돌렸다. 그러자 다른 이들도 그를 따라나섰다.

홀로 남은 종남파 고수는 하는 수 없이 둘 중 한 명을 포기하고 다른 한 명에 매달려 점혈을 통해 상처 부위를 지혈했다. 그러곤 억지로 가부좌를 펼치게 만들어 그 등 뒤에 내력을 불어넣었다.

"가, 감사……."

"말을 아끼시오. 본신내공이 다른 이상, 서로 집중하여야 할 것이오."

"……."

부상을 입은 자는 고개를 끄덕였다. 종남파 고수는 힐끗 혜능 대사와 피월려의 싸움을 보았는데, 피월려의 움직임이 전보다 크게 둔해진 것을 보고 혜능 대사의 승리를 점쳤다.

곧 그 둘은 눈을 감고 운기행공을 시작했다.

쿵! 쾅!

땅이 갈라지고 나무가 쓰러지는 가운데, 피월려는 순수하게 지쳐갔다.

불공의 영향인지 이쯤 되면 고개를 내밀만도 한 극양혈마공도 잠잠했고, 용안심공을 쓸 일이 없어 매번 생겼던 정신력의 소모도 없었다.

다만 마기를 제대로 끌어다 쓸 수 없어, 육신의 힘을 그대로 가져다 쓰는 일이 빈번해졌고, 때문에 숨이 벅차 근육이 탈진하기 시작한 것이다.

마인이 되고 나서부터 싸울 때마다 느낀 건, 핏줄이 터질 듯한 마성의 지배와 정신이 점차 희미해지는 식의 정신 소모다.

이렇듯 오랫동안 달리기를 한 것 같은 단순한 체력의 부재는 참으로 오랜만이었다. 평소엔 힘들면 정신을 무리해서라도 마기를 끌어 올리면 그만이나, 지금은 마성에 젖고 싶어도 젖지 못하는 상황.

왜 교주가 소림파를 먼저 멸문하려 했는지, 절실히 이해가 갔다.

피월려는 생각했다.

이자는 절정인가?

아니, 초절정인가?

마기를 일으킬 수 없고 용안심공을 활용할 수 없는 이 상태에선 그조차도 감이 오질 않는다.

피월려는 생각했다.

끊임없이 생각했다.

왜 마공은 불공에 힘을 쓰지 못하는가?

왜?

왜 그러한가?

젖은 옷을 불붙일 수 없다.

단단한 바위를 중독시킬 순 없다.

흐르는 바람을 벨 순 없다.

모든 것에는 그 한계가 있고, 그 한계에 도달하는 것을 절정(絶頂)이라 해보자.

불에 탈 수 있는 모든 것을 태우는 불.

중독시킬 수 있는 모든 것을 중독시키는 독.

벨 수 있는 모든 것을 베는 검.

이것이 절정이다.

그럼 초절정(超絶頂)은 무엇인가?

그 한계에 위에 있는 불가능한 것에도 영향을 미치는 것이 초절정이 아니겠는가?

젖은 옷도 불붙일 수 있고.

단단한 바위도 중독시킬 수 있고.

흐르는 바람도 벨 수 있다.

그렇다면 그보다 위에 있는 신(神)은 무엇인가?

바로 한계를 그냥 뛰어넘는 것이 아닌 완전히 뛰어넘는 것!

가능한 것과 불가능한 것에 대한 위력의 차이가 없는 것!

마른 옷과 젖은 옷을 태우는 것에 차이가 없는 불이야말로, 신염(神炎).

살아 있는 생명체와 단단한 바위를 중독시키는 것에 차이가 없는 독이야말로, 신독(神毒).

딱딱한 나무와 흐르는 바람을 베는 것에 차이가 없는 검이야말로, 신검(神劍).

만약 불공을 상대로 마기를 뿜을 수 있는 마공이 있다면?

그리고 불공을 상대로 하는 것과 그렇지 않은 것에 차이가 없는 수준으로 마기를 뿜을 수 있다면?

그것을 신마(神魔)라 해야 할 것이다.

현재 마공을 나누는 기준은 인마, 지마, 천마다.

이는 뿜어지는 마기의 잔향이 어디까지 미치는가로 나눈 기준이다.

이것이 백도에서 나누는 절정과 초절정의 기준과 정확하게 맞아떨어진다 할 수 있을까?

그럴 수 없다.

그렇기에 아직은 그 존재조차 불분명한 혼돈경(混沌經)에 대해 감조차 잡히지 않는 것이다.

그렇다면 혼돈경의 실마리가 바로 여기 있지 않을까?

그 순간 피월려는 희열을 느꼈다.

마공의 상극이라 일컬어지는 불공을 마주하니 이제야 이런 생각이 든 것이다.

물을 만난 적이 없는 불이 어찌 신의 경지를 짐작이나 하겠는가?

바위를 만난 적이 없는 독이 어찌 신의 경지를 짐작이나 하겠는가?

바람을 만난 적 없는 검이 어찌 신의 경지를 짐작이나 하겠는가?

혜능 대사는 주먹을 멈췄으나, 거리는 계속 유지한 채로 말했다.

"이제 포기하려는 것이오?"

그가 주먹을 멈춘 이유를 모르는 피월려가 물었다.

"무슨 소리지?"

"그래서 실성한 사람처럼 웃은 것 아니오?"

피월려는 고개를 갸웃했다가 대답했다.

"내가 웃었나?"

"자각하지도 못하였소? 빈초는 그런 긴박한 싸움 중에 그리 실성한 사람처럼 웃는 걸 지금까지 단 한 번도 보지 못했소."

"……"

"불공의 영향에 있는 한 마기에 젖어들어 그런 것은 아닐 터! 지금이라도 속죄할 마음이 들었다면 검을 버리시오."

피월려는 태극지혈을 잡은 손에 힘을 더 주며 말했다.

"닥치고 주먹질이나 더 해. 이제 좀 뭐가 오려고 하니까."

"무, 무슨!"

피월려는 앞으로 더욱 거리를 가까이하며 태극지혈을 휘둘렀다.

검객이 권법사를 상대로 거리를 좁히다니?

설마 정말 마성에 젖은 것인가?

피월려의 얼굴에 떠오른 희열과 광기는 딱 마성에 젖었을 때 나타나는 것이다.

혜능 대사는 간담이 서늘해지는 것을 느꼈다.

불공이 무언가 잘못된 것인가?

아니다. 그의 불공은 완벽하게 마기를 차단하고 있다.

그 증거로 피월려의 몸에는 눈을 씻고 찾아봐도 마기가 없다.

그런데…….

그런데…….

저 괴란(乖亂)한 표정은 뭐란 말인가?

마성에 미쳐 주하입마에 빠진 자의 그것이지 않은가?

휙!

휙!

바람을 가르는 태극지혈도 그 안에 전혀 마기를 품지 않고 있었다.

내력도 주입하지 않고 그저 무작정 휘두르니 정말 어린아이가 무작정 검을 휘두를 때 나는 바람 소리가 피월려의 검격에서 나타났다.

그 정도 수준의 검격이라면 내장을 보호하는 나한기공(羅漢

氣功)에 막힐 것이 분명하다.

아니, 금강불괴신공(金剛不壞神功)의 피부조차 뚫지 못하리라.

획!

획!

그런데 왜 피하는가?

혜능 대사는 자기의 행동을 스스로 이해할 수 없었다. 아무리 봐도 피할 필요조차 없이 몸으로 받아내고 반격으로 끝내버리면 그만인 검격인데도 그의 몸은 본능적으로 그것을 피하고 있었다.

수십 번을 피하면서 그 속에 숨긴 기운을 찾으려 노력해도 아무것도 찾을 수 없었다.

피월려는 지쳤는지 검을 멈췄다.

"헉헉, 힘들군."

"……."

"왜? 검 휘두르다 지치는 거 처음 보나?"

"초절정의 검객이라면, 처음 보오."

"초절정이 아니라 천마야."

"동일한 수준으로 알고 있소만."

"큭! 크하하! 하하하!"

피월려는 또 괴란하게 웃었다.

혜능 대사는 도저히 그 표정을 이해할 수 없었다.

무엇에 저리 광기를 표출하는가?

피월려는 그 괴란한 웃음을 유지하며 한 발자국 걸어왔다.

"땡중."

"……."

"너도 별거 아니었어."

"흐음……."

"그런 수준 낮은 생각에 갇혀 있는 놈에게 내 검이 안 박힐 리 없지. 막아봐, 한번. 내력도 없는데, 무서워?"

"나무아미타불관세음보살. 마인의 힘은 절대 소림을 이길 수 없소이다!"

피월려는 웃으며 혜능 대사의 심장을 향해 느리게 검을 찔렀다.

역시 일절 내력이 없는 태극지혈.

그 예기가 다른 검과는 차원이 다르나 그렇다고 전혀 내력이 없는데, 소림승의 금강불괴신공과 나한기공을 뚫을 수 있겠는가?

혜능 대사는 합장을 하듯 손을 모으고 가슴을 폈다.

그렇게 피월려의 검이 혜능 대사의 심장 부위에 닿았을 때 그 둘은 동시에 깨달았다.

피부조차 뚫지 못할 것이라고…….

당연한 것이다.

아무리 태극지혈의 예기가 날카롭다 하나, 전력을 다해 금강불괴신공을 펼치는 소림승의 피부를 아무런 내력도 없이 뚫을 순 없다.

그래서 태극지혈이 너무나도 쉽게 숙 하고 들어갔을 때, 잔뜩 힘을 준 피월려는 거의 고스란히 남아버린 힘에 중심을 잃어 뒤뚱거렸다.

"어?"

"어?"

두 사람의 입에서 동시에 나온 목소리.

이에 피월려는 멍한 표정으로 빨려들어 가듯 앞으로 걸었다.

몸의 중심이 꿰뚫리는데도 소림승은 미동조차 하지 못했다.

그리고 고통을 포함한 그 어떤 것도 느끼지 못했다.

그저 서 있을 뿐.

곧 태극지혈이 혜능 대사를 뚫고 그 등 뒤에서 솟아났다.

그곳엔 피 한 줌도 흐르지 않았고, 검신에도 피 한 방울 묻어 있지 않았다.

심장을 꿰뚫고도 피가 묻지 않다니, 무슨 조화인가?

피월려는 검을 뺐다.

슈욱.

역시 얼음판 위에 미끄러지듯 빠졌다.

"쿠, 쿨컥, 이, 무슨… 조화……"

도저히 믿지 못하겠다는 듯이 눈을 부릅뜬 혜능 대사의 말에 피월려도 해줄 말이 없었다.

"몰라, 나도."

"……"

피월려는 힘없이 중얼거렸다.

"진짜야……"

"시, 신마(神魔)… 저, 절대 이대로……"

털썩.

입에서 피를 뿜으며, 혜능 대사의 큰 몸이 무릎을 꿇었다. 그제야 그의 눈높이가 피월려의 눈높이와 동일해졌다.

덥석!

그 거대한 육신이 피월려의 몸을 옥죄자, 기력이 없었던 피월려는 그를 떨어뜨리지 못했다. 그는 되는 대로 태극지혈로 혜능 대사의 몸에 찔러 넣었는데, 그럼에도 혜능 대사의 힘을 전혀 반감시킬 수 없었다.

혜능 대사는 바위 같은 힘으로 피월려의 육신을 붙잡은 채 피거품을 물며 중얼거렸다.

"원아래세득보제시(願我來世得菩提時). 영제유정출마견망(令

諸有情出魔胃網). 해탈일절외도전박(解脫一切外道纏縛). 약타종
종악견조림(若墮種種惡見稠林). 개당인섭치어정견(皆當引攝置於正
見). 점령수습제보살행(漸令修習諸菩薩行). 속증무상정등보제(速
證無上正等菩提)…… 쿨럭, 이제 동문들을 볼 낯짝…….'

마지막 말을 마친 혜능 대사의 육신은 차갑게 굳었고, 그대
로 뒤로 쓰러졌다.

피월려가 혜능 대사의 괴기한 말과 행동에 얼굴을 찡그리
다 갑자기 속에서 울렁거리는 기분에 검을 놓치고 구토했다.

"우웨엑! 우웩!"

헛구역질을 계속하는데도 역겨움이 가시질 않았다.

더 이상 기력이 없어 손가락 하나 움직이지 못할 만큼이 되
어서야 구역질이 멈췄다.

그때 태원이가 고수들과 구양모 일행이 숲속에서 나타났
다.

구양모가 태원이가의 고수에게 말했다.

"자, 봐라. 땡중이 죽었지. 이젠 제안을 받아들이겠나?"

태원이가 고수 중 한 명이 피월려를 뚫어지게 보다가 이내
곧 대답했다.

"좋다. 심검마를 죽인다면 이태성의 핏값은 제하도록 하지."

"나도 위로 올라가서 좋고, 너도 공을 세울 수 있어서 좋고.
잘 생각했다."

"……"

"검을 들고 있지 않는 지금이 기회. 믿지 못할 게 뻔하니, 우리가 먼저 공격하겠다. 기회를 봐서 따라붙어라."

구양모는 그렇게 말한 대원들에게 손짓하여 피월려에게 달려들었다.

피월려는 외부에서 들어오는 살기에 정신이 번쩍 들었는데, 그 주인이 다름 아닌 구양모와 대원들인 것을 알고 분노에 차올랐다.

"배신인가?"

구양모가 말했다.

"저들은 대주를 죽이러 온 자들이니, 엉뚱한 우리들이 죽을 필요가 있겠습니까? 지쳐 검까지 버리신 것 같은데, 순순히 죽어주시지요."

구양모는 피월려가 태극지혈을 집어 들기 전에 보법으로 다가가서 냅다 검을 중앙에 찔렀다.

그것은 피월려의 현 상태로 피하기엔 너무나 빠른 속도였고, 막기에는 너무나 강한 위력을 품고 있었다. 그러나 그 공격에서 이상한 느낌을 받은 피월려는 한계까지 몸을 움직여 그것을 피했고, 그러자 그 공격은 피월려의 옆구리에 실낱같은 검상을 남겼다.

즉시 옆에서 구양모의 대원들이 공격을 이어나갔다.

전력공세(全力攻勢)!

그 공격들은 모두 그들의 극한까지 끌어 올린 것이었다.

태원이가의 고수들은 구양모 일행의 공세가 모두 진심이라는 것에 동의하지 않을 수 없었다.

이는 그들과 직접 칼을 섞어본 태원이가의 고수들이 더 잘 알았다.

태원이가의 고수 중 한 명이 고개를 끄덕이며 말했다.

"방금 건 진심으로 죽이려 한 것이 분명하다. 가서 저들을 도와 심검마를 끝장내자. 부상을 당하고 지쳤어도 천마는 천마. 긴장을 늦추지 마라."

태원이가 고수들은 비장한 눈빛을 내며 피월려에게 다가왔다. 그러자 구양모가 소리쳤다.

"북동을 맡아. 우리가 서남을 맡겠다."

그 한마디로 서로의 영역을 정한 그들은 합공으로 피월려를 압박하기 이르렀다.

북동과 서남에서 쏟아지는 검들.

피월려는 자연스레 동남쪽으로 걷게 되었고, 태극지혈을 떨어뜨린 마당에 그 모든 검을 피할 수는 없었다.

몇 번의 작은 검상으로 인해 피월려의 옷이 피로 물들기 시작했고, 결국 절체절명의 위기가 찾아왔다.

"으윽!"

피월려가 신음 소리와 함께 중심을 잃고 땅에 엎어졌다. 등이 보일 지경이니 이미 방어하긴 불가능한 상태.

그의 훤한 등짝에 태원이가의 검들과 구양모와 그의 대원들의 검이 빠르게 쏟아져 피월려의 생명을 끝장내려 했다.

다만 구양모와 그의 대원들의 검이 갑자기 방향을 바꿨다는 것만 제외하면 말이다.

"커억!"

"크아!"

"컥."

"쿨컥!"

네 번의 단말마와 함께 네 명이 죽었다. 그러나 태원이가의 고수들은 다섯.

마지막 검은 기어코 피월려의 등에 박혀들어 그의 오른쪽 옆구리에 구멍을 내었다.

"크억!"

빠르게 다시 검을 휘두른 구양모의 검에 그 마지막 사내의 목숨이 날아갔다.

구양모는 피월려의 등에서 검을 빼내며 대원들에게 지시했다.

"운기조식하는 종남파 놈하고 쓰러진 놈들 죄다 확인 사살해놔. 귀찮다고 그냥 찌르지 말고 꼭 목을 분리해라. 응? 죽은 척하고 있는 놈이 있을 수 있으니, 긴장 놓지 말고! 나중에 확인할 거니까."

"예, 예. 알겠습니다요, 형님."

진드기와 똥자루, 그리고 거시기는 투덜거리며 쓰러진 시체들의 목을 하나하나 베기 시작했다.

운기행공 중인 종남파 고수를 죽일 때는, 서로 누가 죽일지 내기를 했다.

당첨된 거시기는 최근 새로이 개발한 검기를 쏘아 그 종남파 고수의 목을 잘라냈다.

그 단면을 살펴본 똥자루가 고개를 도리도리 흔들자, 거시기가 침을 딱 하고 뱉었다.

구양모는 고통에 신음하는 피월려을 부축하여 한쪽에 있는 넓은 바위에 몸을 뉘였다.

"괜찮으십니까?"

피월려는 숨을 고르며 상처 부위에 손을 가져갔다.

"공격할 때 정말로 날 죽이려는 줄 알았소."

"제가 가진 힘과 내력을 전력으로 펼쳤습니다. 그렇게 하지 않았다면 저들이 믿어주지도 않았을 겁니다."

피월려는 고개를 끄덕였다.

"그것이 시사검공(視死劍功)을 일 초식부터 차례대로 펼친 것이 아니라면 절대 피하지 못했을 것이오. 때문에 완전히 배신한 것이 아니라는 것을 알 수 있었지. 내가 시사검공을 익혔는지 어떻게 아셨소?"

"본 교의 기본이 되는 검공 아닙니까? 게다가 처음 저 땡중을 상대할 때, 시사검공의 일초식인 정진격을 펼치셨고, 또⋯⋯."

피월려가 말을 잘랐다.

"내게 사본을 써줬다는 오대주의 단주가 바로 구양모 대주였군."

"그렇습니다."

"어쩐지 구 대주의 검공이 익숙하다 했소. 그러나 시사검공만 매달렸다고 들었는데 구 대주의 검공은 엄밀히 말해서 시사검공이 아니질 않소?"

구양모가 말했다.

"다른 검공을 구할 수 없어, 그것에만 매달렸습니다. 하나만 매달리다 보니, 이걸 쪼개보기도 하고 여기 있는 걸 저기다 가져다 붙이기도 하고⋯⋯. 시사검공이 워낙 기본 검술 아닙니까? 뭐 그러다 보니 저만의 검술을 찾기도 하고 그런 것뿐입니다."

"⋯⋯."

"무형검을 익힌 피 대주에겐 뭐, 아무런 일도 아니겠습니다."

"아니요, 그건 대단한 일임이 틀림없소."

구양모는 그 특유의 기분 나쁜 미소를 지었다.

"뭐, 대주께서 그렇다면야."

"……"

"상처는 벌어지지 않게 점혈했습니다. 그러니 운기조식이라도 하여 몸을 회복하시지요. 뒤처리는 저와 대원들이 하겠습니다."

피월려는 상처에서 손을 떼 억지로 포권을 취했다.

"감사하오."

구양모는 고개를 살짝 까딱한 후, 발을 돌렸다.

그리고 잔인(殘忍)을 가볍게 넘어선 수준으로 확인 사살을 감행했다.

피월려는 눈을 감고 운기조식을 시작했고 곧 무아지경에 이르렀다.

대략 한 시진 후, 피월려는 일행이 나무와 동물 가죽으로 만든 들것에 누워 몸을 회복하며 자기 생각을 설명했다.

"백도, 흑도, 그리고 황도의 충돌이 안양에서 일어난 이상, 삽시간에 중원 전역으로 퍼질 것이 분명하고, 황궁이 존재하는 낙양은 말할 것도 없이 혼란에 휩싸일 것이기에 모든 문파들이 수비적인 태세를 갖출 것이오. 그렇다면 각 성도에 무사들이 집결할 것이고, 그러면 그만큼 각 세력의 경계선에는 사람들이 드물 것이오. 따라서 섬서성과 하남성의 경계선으로 움직이는 것이 좋소."

이에 구양모가 반박했다.

"수비적일 때는 분명 밖을 경계하기 위해 소수의 인원으로 정찰을 보냅니다. 발이 빠른 자들로 구성된 그들을 쫓을 여력이 없으므로, 쉽게 발각될 것입니다. 그러면 백도세력이 들끓는 하남 북쪽 지역에서 살아남을 수 없습니다."

피월려는 차분히 설명했다.

"섬서성은 이미 혼란스러웠소. 안양의 일 때문에 아마 더욱 경계심이 높아져 각 문파에서 함부로 무인들을 쓰지 않을 것이오."

"백도에서 우리를 더 쫓지 않겠습니까?"

"저들이 이탈한 인원으로 추정되니, 아마 더는 없을 것이오."

구양모는 고심 끝에 피월려의 말을 따르기로 했다.

"좋습니다. 그럼 우선 산 능선을 타고 공의(鞏義)로 내려가 그곳 지소에서 정보를 받는 것으로 하겠습니다."

"좋은 결정이오."

구양모가 몸을 돌리자, 피월려의 표정이 살짝 굳었다.

운기조식을 했음에도 그는 더 이상 자신의 마기를 느낄 수 없었기 때문이다.

몸이 비이상적인 속도로 회복되는 것을 보면 마공의 힘이 발휘되는 것은 확실한데, 의도적으로는 마기의 힘을 도저히 끌어 올릴 수 없었다. 혜능 대사가 마지막으로 한 염불이 어떤 영향을 미친 것 같은데, 피월려는 처음 당해보는 것이라 어떻게 해결해야 할지 짐작도 가지 않았다. 그는 매우 염려되었으나, 조금도 내색하지 않고 운기조식으로 몸을 회복하는 데 집중했다.

　그 이후, 그들은 산 능성을 타고 공의로 향했다. 대략 보름이 걸리는 기간 동안 움직였는데, 피월려가 외상을 회복해야만 하기 때문에 상당히 느린 걸음으로 움직일 수밖에 없었고, 덕분에 한층 더해진 은밀함으로 그들은 아무 탈 없이 공의에 도착할 수 있었다.

제팔십오장(第八十五章)

공의는 과거 옛 나라의 도읍이었던 곳이지만 지금은 그 크기가 많이 줄어, 세 개의 중소문파가 세력권을 이루고 있었다. 모두 백도문파로, 소림파와 황룡무가 등 거대문파에 후원을 받았거나 그들과 인연이 있는 문파들이었다. 때문에 마인과는 척을 진 사이라 해도 무방한 피월려 일행은 성내에서 최대한 마기를 죽인 채 움직여야 했다.

　다행히 어지러운 정세 때문인지, 거리에 한두 명은 보일 만도 한데 무림인과 전혀 마주치지 않았다.

　오직 공의의 범인들만이 들것에 사람을 나르고 허리에 검을 찬 일행을 이상한 눈으로 쳐다볼 뿐이었다.

안양까지 오는 길에 공의에 머문 적이 있었던 터라 그들은 그 지소를 쉽게 찾을 수 있었다.

약방으로 가장한 그곳은 아픈 사람들이 공의 밖에서도 일부러 찾아와 약을 사갈 정도로 유명한 곳이었다.

그곳의 주인인 안 대인은 수십 년간 마조대원으로 활동했었다.

그들이 지소에 들어서자, 그들을 보고 한 번에 천마신교의 고수들임을 파악한 마조대원이 애써 웃는 얼굴을 하며 말했다.

"아이고, 무사님들 아니십니까? 어인 일입니까?"

구양모는 대충 말을 이어나갔다.

"내 형님이 검상을 당했는데, 금창약이 없어 직접 형님을 모시고 왔다. 꽤 오랜 시간이 흘렀으니, 어서 치료를 서둘러야 할 것이다."

안 대인은 살짝 당황하더니 곧 지하로 안내했다.

"드, 들어오시지요."

지하에 들어서자 그의 표정은 차갑게 변했고 마조대원 본래의 모습으로 돌아왔다.

그것을 보곤 구양모가 말했다.

"궁색한 말에 사과하지. 순간 든 생각이 그것밖에 없었다."

누가 들어도 궁색한 것이, 금창약이 없어서 사람을 직접 들고 오는 경우는 전 중원을 뒤져도 없을 것이다.

"아닙니다. 그런데 어디에서 오신··· 혹 심검마가 아니십니까?"

정중하게 대답하던 안대인의 눈이 급격하게 커지며 놀라 물었다.

피월려는 포권을 취했다.

"맞소. 공의의 지소에 정확히 찾아왔나 보군."

"아닙니다. 생사불명이라 들었는데··· 살아계셨습니까?"

"보시다시피."

"다행입니다. 본 교에서 큰 인물을 잃을 뻔하였습니다. 검상은 어떠십니까?"

급변한 안 대인의 태도에 구양모는 기분 나쁜 미소를 지었다.

피월려는 그때까지도 운용하던 태극음양마공을 갈무리하고 침상에서 몸을 일으켰다.

"회복에 집중하고 있는 중이오. 다만 마기를 일으키는 데 조금 문제가 있소. 혹 마단이 있으면 한번 시험해 보고 싶은 것이 있는데······."

"이곳은 간간히 정보를 다루는 지소라 본 교의 냄새가 나는 물건을 둘 수 없습니다. 양해 부탁드리겠습니다."

"아니요. 거의 나았고, 앞으로 나흘쯤 지나면 말끔히 회복할 수 있을 것이오."

"그렇습니까?"

"우리가 이곳에 온 이유는 내 치료를 위함이 아니요. 정보를 얻기 위해서였소."

안 대인이 고개를 끄덕였다.

"지소가 있는 이유이지요. 말씀하십시오. 제가 아는 선에서 모두 말씀드리겠습니다. 우선 방으로……."

안 대인이 안내한 지하 방은 두세 사람이 쓰기 적당한 방이었다.

대원들은 피월려를 부축했고, 그가 먼저 그곳에 있는 침상에 몸을 뉘었다.

피월려가 말했다.

"안양에 있었던 일과 현 상황을 모두 알려주시오."

안 대인은 고개를 끄덕였다.

"한 달 전, 있었던 안양의 일로 백운회 세력이 악화되면서 낙양의 세력 판도가 크게 달라졌습니다. 특히 하북팽가를 필두로 한 북방의 지방 호족들이 황궁과의 동맹을 깨고 백도에 붙게 된 것이 큽니다. 그 결과 오히려 백운회의 고수들이 모두 전멸을 당했습니다."

그 말을 들은 피월려가 작게 중얼거렸다.

"역시… 처음 예상이 맞았군. 하북팽가와 무림맹이 손을 잡고 있었던 것이야. 황궁에선 그런 줄도 모르고 하북팽가와 힘을 합쳐 백도와 흑도의 고수들을 안양에서 전멸시킬 것이라 믿은 것이지."

안 대인이 말을 이었다.

"황제는 황도 낙양 한복판에 버젓이 무림맹이 만들어지고, 백도의 세력이 집결되자 크게 노한 것 같습니다. 따라서 이를 이용한 제갈토의 책략입니다. 화가 나면 시야가 좁아지는 법이지요. 지방 호족들이 황제보단 무림맹을 선택하리라는 건 어린아이라도 알 수 있는 것임에도 이를 믿은 황제의 실책입니다."

피월려는 눈을 내리깔고 그의 말을 받았다.

"동시에 흑도무림의 힘도 약화시키기 위해서 본 교의 고수도 징집하려 한 것이고…… 아니야. 그 이상으로, 유한 장군이 본 것은… 여차하면 우리와 힘을 합쳐 백도와 하북팽가의 낭인들을 상대하려 한 것이로군. 본 교야말로, 백도의 숙적이니까."

"제가 듣기로는 심검마께서 원래 인원보다 더 많은 인원을 투입한 것으로 알고 있습니다만."

피월려는 사색에서 벗어나 안 대인을 보았다.

"뭔가 심상치 않아 변수를 만들려 했소."

"개인적으론 좋은 수라 생각됩니다만, 능수지통(能手知通) 제 갈토의 수를 넘어서긴 역부족이었습니다. 아예 낙양지부의 모든 인원을 다 끌고 갔다면 승산이 있었을지도 모릅니다."

피월려가 중얼거렸다.

"기가 막히는군."

안 대인이 설명을 이었다.

"그대로 황궁에 돌아온 천 명의 낭인과 백도 고수들은 그대로 황궁으로 진격. 황궁에 남아 있던 백운회의 고수들까지도 몰살하고 황제까지도 손아귀에 넣습니다."

"설마 황제가 죽었소?"

"아닙니다. 다만 무림을 넘보려던 황제의 자만심을 완전히 무너뜨리고 그 목숨은 살려두었습니다. 황궁은 이제 그 기능을 잃어버리고, 무늬만 황궁인 채로 남게 될 것입니다."

"그렇다면 하북팽가를 필두로 한 지방 호족이 백도와 손을 잡게 된 것도 말이 되는군. 강력한 힘을 가진 황궁이 그 힘을 잃어버린다면 그만큼 자치권이 커질 테니까. 그들은… 처음부터 이 그림을 그렸던 것이로군."

안 대인이 고개를 끄덕였다.

"황제가 제안한 건 아마도 폐전통자를 폐지하겠다는 것. 능수지통이 제안한 건 황제 그 자체를 꼭두각시로 만들겠다는 것. 어찌 보면 지방 호족들 입장에선 능수지통의 제안이 훨씬

매력적으로 들렸을 겁니다."

"그렇게 일을 이끈 제갈토의 수완이 대단한 것이오."

"……."

"낙양지부가 위험하오. 황궁에 힘이 없다면 더 이상 무림맹에서 낙양지부를 공격하지 않을 이유가 없을 것이오."

"아직은 건재합니다."

"아직은?"

"본부에 계신 극악마뇌(極惡魔腦) 사무조 장로께선 능수지통에겐 미치지 못하나, 그나마 견줄 만한 지력을 지니신 분입니다. 그분께서 이 일을 어느 정도 꿰뚫어보신 듯합니다. 지금 낙양지부에는 극악마뇌 사무조 장로님뿐만 아니라, 철부황안(鐵斧黃眼) 후빙빙 장로, 그리고 혈수마제(血手魔帝) 성음청 교주님까지 계십니다. 또한 본 교의 자랑인 흑룡대(黑龍隊)까지도 왔습니다. 이만하면 본부를 방어하는 무력을 제외한 전력이며, 즉 특공대라 할 수 있습니다."

피월려는 후빙빙이 하남성에 찾아온 본래 목적이 이것이었다는 것을 깨달았다.

그가 물었다.

"소림파를 멸문했던 그 힘이군. 무림맹은 어떻소?"

"각각의 구파일방에서 일부 파견한 절정고수의 총합은 최소 오십에서 백. 초절정에 이르는 고수는 종남의 장문인인 태을노군과 태원이가의 장로. 그리고 갑작스레 등장한 구파일 방 출신의 은거기인 둘. 그리고 입신의 고수로 검선이 있습니다."

은거기인.

이는 지금까지 천마신교의 중원 진출을 막았던 큰 방해물 중 하나이며, 겉으로 보이지 않는 백도의 힘 중 하나다.

피월려가 고개를 흔들었다.

"본 교의 힘이 조금 벅차 보이오."

"그러나 저들은 결속력이 약합니다."

"그럼 이제 지금까지 밀어왔던 흑백전쟁이 일어나려는 것이 오?"

"그건 아닙니다."

"어찌 그러하오?"

"교주님께서 검선에게 일기토를 신청했고, 이에 검선이 받았습니다."

피월려는 고개를 끄덕였다.

"백도의 수장이며 입신의 고수로 알려진 검선이 그것을 거절할 명분이 없었을 것이오."

"또한 백도에선 불필요한 피를 흘리기 싫어할 테니 말입니다. 본래 자기 문파밖에 모르는 놈들입니다. 본 교와의 싸움에 상관하는 이유도 공을 세워 백도 내 자기 문파의 위치를 드높이기 위해서일 뿐, 그들이 입에 달고 사는 협의(俠義)로 그러는 자가 실제 몇이나 되겠습니까? 뭉칠 명분을 주지 않는다면 와해될 모래들입니다."

"……."

말이 없는 피월려의 마음을 읽었는지, 안 대인이 낮게 읊조렸다.

"이번엔 다릅니다. 교주께선 지혜로운 분, 본 교의 염원이 이뤄질 수 있습니다."

무림인 간의 전쟁에선 총력전이 잘 일어나지 않는다. 그런 일이 일어나기엔 전 중원이 너무나 크고 또한 각각의 이해관계기 복잡하게 얽혀 있기 때문이다.

다만 그럴 수 있는 단 한 가지 조건이 있는데 바로 이헤관계를 완전히 무시할 수 있는 교주의 명령으로 모든 천마신교 고수들이 한자리에 모여 진격하는 것이다.

이렇게 되면 백도문파들도 하나로 힘을 집결하여 막는 수밖에 없어진다.

지난 천 년간 천마신교에서 행한 모든 흑백대전은 바로 그런 식이다.

그리고 천마신교는 항상 패했었다.

이는 집결하는 순간부터, 전에는 보이지 않았던 백도의 힘이 실질적으로 변하기 때문이다.

이에 속아 넘어가, 멸교까지 당할 뻔한 수치스러운 역사가 수차례나 있다.

승리하기 위해선 백도를 뭉치게 만들면 안 된다는 것을 성음청은 그 누구보다도 잘 알았다.

그리고 그녀는 실제로 그런 일들을 해냈다.

소림파를 멸문시키고도 백도는 완전히 뭉치지 않았다.

황도에 지부를 만들고도 백도는 완전히 뭉치지 않았다.

그녀는 이젠 일기토를 함으로 또다시 그 힘을 갉아먹으려 하고 있었다.

그것이야말로 성음청의 진정한 힘.

그녀는 겉으로 보이는 단순한 힘과 수적 우위만으로 중원을 정벌하려 했던 전대 교주들의 실수를 답습하지 않았다.

보이지 않는 백도의 힘은 보이는 힘만큼이나 거대하다.

피월려가 말했다.

"입신이라는 큰 산을 무너뜨리기 위해서… 자기 자신을 걸었군."

안 대인이 말했다.

"어차피 본부의 무식한 마인들의 불만이 폭주하기 직전이었습니다. 단순히 겉으로 보이는 숫자만 볼 줄 아는 멍청한 놈들이 감히 불경을 저지를 지경에 이른 것입니다. 검선을 상대로 이겨, 천하제일고수가 되지 않는다면 아마 그 불만을 다스릴 길이 없을 겁니다."

피월려는 고개를 흔들었다.

"교주님의 생각이 무엇인지 궁금하군. 어차피 결국 총력전이 일어나 그들이 뭉치는 결과가 나타나는 것 같지 않소?"

"아닙니다. 그런 일은 없을 겁니다."

"왜 그렇소? 이긴다면 본부에선 그 기세를 몰아 중원을 정벌하자고 할 것이고, 진다면 무림맹에서 본 교를 타도하려 할 것인데?"

"단순히 생각한다면 그렇습니다만, 마조대의 생각은 다릅니다. 이긴다면 교주께서 황궁의 힘이 급격히 줄어든 것을 이유로 삼아, 불가침조약과 자치권을 주장하여 한 번 더 소강상태를 이끌 것입니다. 만약 진다 해도 아직 자기 본 파의 고수들이 피흘리거나 하지 않은 이상, 백도의 모든 문파가 한데 모여 본 교의 본부까지 타도하려는 행동은 보이지 않을 것입니다. 오히려 본 교를 이길 수 있다는 확신이 들 때부터 서서히 자기 밥그릇을 챙기기 바쁘게 되겠지요."

"……."

"현 상황은 모두 이해하셨습니까?"

"이해했소. 고맙소."

"그럼 이제 명을 받으셔야 합니다."

"명이라 함은?"

안 대인은 더욱더 차가운 눈빛으로 말을 이었다.

"백도세력권에 존재하는 모든 마교인들은 명을 들은 즉시 모두 낙양지부로 모이라는 교주 명이 있었습니다. 이는 여러분들도 해당되는 것이니 낙양으로 지금 즉시 움직이셔야 할 것입니다."

구양모는 어깨를 들썩였다.

"안 그래도 그러려고 했소. 조금 쉬려 했다만, 어쩔 수가 없네."

"심검마께선 아닌 듯싶습니다만."

안 대인의 말에 구양모는 피월려를 돌아보았고, 굳어 있는 피월려의 표정에 일이 이상하게 돌아가는 것을 느꼈다.

구양모가 확인차 피월려에게 물었다.

"돌아가지 않으실 겁니까?"

"내가 아끼는 수하가 있소. 주하라고 하오만, 혹 귀환했다는 것을 알 수 있소?"

질문을 받은 안 대인이 고개를 돌렸다.

"안양에서 복귀한 마교인은 현재까지 아무도 없습니다. 한 달이 흘렀으니, 더 없다 봐도 무방합니다."

"생사를 확인해야겠소. 그 전까진 돌아갈 수 없소."

안 대인이 물었다.

"지금 교주 명에 불복하시겠다는 겁니까?"

"그렇소."

"……."

"……."

물어본 안 대인 본인을 포함, 구양모와 그 대원들 모두 어리벙벙한 채 피월려를 보았다.

교주 명을 불복한다?

이는 척살이다.

중원 끝자락까지 쫓아가 죽여야 하는 대죄다.

초지일관 냉정함을 유지하던 안 대인도 말을 떼었다.

"다, 당장 심검마를 죽이셔야 합니다, 구 대주. 그는 교주의 명에 불복한 자. 전 마인의 척결 대상입니다."

하지만 구양모도 너무나 뜻밖의 일에 사지가 굳이 제대로 움직일 수 없었다.

그때 피월려가 말했다.

"나는 척결 대상이 아니니, 구 대주는 몸에 힘을 푸시오."

안 대인이 소리쳤다.

"망발이오! 그 어떤 마교인도 교주의 명령에 불복할 수 없소."

"아니, 예외가 있지."

피월려의 단호한 말에 안 대인은 입을 벌렸다.

"시, 신물주……."

경악은 구양모와 대원들에게까지 이어졌다.

처음 제정신을 차린 건 구양모였다.

"지부의 대전에서 파검(破劍)하셨을 때 말씀하신 그 말이 사실이셨습니까? 정말로 신물주란 말입니까?"

피월려가 대수롭지 않다는 듯 말했다.

"이미 파다하게 퍼진 소문 아니오? 나는 신물주가 맞소. 그러니 교주 명에 불복한다 한들 척결 대상이 되지 않소. 대답이 되었소, 안 대인?"

안 대인은 잠시 말을 잊지 못하다가 곧 날카롭게 맞받아쳤다.

"신물주라는 증거인 구묘가면(寇猫假面)을 보여주십시오."

"아직 공표하지 않아 받지 못했소."

안 대인은 눈을 가늘게 떴다.

"그럼 심검마께서 신물주라는 증거가 어디에도 없는 것 아닙니까?"

"상관없소."

"예?"

"언제부터 본 교가 증거를 가지고 자리를 따졌소?"

"……."

"내 알기로 신물주는 교주에게 허락된 모든 정보를 동일하게 누릴 수 있소. 따라서 몇 가지 정보를 요구하겠소."

안 대인은 고개를 흔들었다.

"증거가 없는 한, 받아들일 수 없습니다."

"그럼 불복으로 죽일 뿐이오. 간단하지."

"그렇다 한들, 척살을 피하실 순 없습니다."

"내가 신물주가 아니라면 그렇겠지. 하나 내가 신물주라면 불복으로 그대를 죽인다 하여 누구 하나 뭐라 할 사람 없소."

"……."

"명령은 떨어졌으니, 존명을 택할지 불복을 택할지 정하시오."

천마신교 특성상, 지금까지 항상 무인들을 우대해 왔고, 그 외에 마조대원 같은 이들은 항상 괄시 속에 살았었다. 그러나 성음청의 유화정책으로 정보의 힘이 인정을 받으면서 마조대의 위상도 드높아졌다.

이로 인해 대부분의 마조대원들은 성음청 교주에게 완전히 충성하게 되었다.

그러나 본래 마조대원은 특정한 사람에게 충성하지 않고 천마신교에 충성하는 것이 기본 원칙이다.

그들의 수칙에 따르면 교주에게 절대 충성하는 것도, 그 사람이 아니라 교주라는 자리에 충성하는 것이야 한다.

안 대인은 성음청 교주 이전부터 마조대원으로 활동한 자이며 교주가 등극하기 이전부터 본부와 떨어진 외지에서 활동했고, 또한 마조대에서 더 높은 자리에 앉고자 하는 욕심도 없었다.

성음청에게 딱 교주만큼의 충성심을 가지고 있던 그는 율법대로 행하는 것이 가장 좋다는 판단을 내렸다.

안 대인은 포권을 취했다.

"존명."

피월려는 구양모에게 말했다.

"낙양으로 가시오. 나는 여기서 몸을 모두 회복한 뒤, 따로 움직이겠소."

구양모는 아직도 충격에서 벗어나지 못했는지, 즉각 대답하지 못했다.

"아… 예. 알겠습니다. 그럼 아무쪼록 몸조심하십시오."

"내 생명을 살려준 은혜는 잊지 않을 것이오, 구 대주. 살펴 가시오."

피월려는 포권을 취했고 구양모는 얼떨떨한 표정을 감추지 못한 채 포권으로 마주 인사했다.

안 대인이 구양모와 피월려에게 말했다.

"현 하남성은 정세가 어지럽습니다. 낙양까지 좋은 길을 볼 줄 아는 향도(嚮導)를 붙여 드리겠습니다. 그와 동시에 요청하실 정보가 어떤 것인지 알려주신다면 같이 알아보고 오겠습니다."

피월려가 말했다.

"우선 그녀의 생사를 알아보시오."

"그것뿐입니까?"

"더 요청할지는 그 답에 달려 있소."

"존명. 다만 한 가지 아서야 할 것이 있습니다."

"무엇이오?"

"교주 명에 반박하고 제게 명을 내릴 수 있는 이유는 신물주이시기 때문입니다. 다시 말씀드리면 그 정보의 요청자를 신물주라고 표기해야 한다는 뜻이며, 이는 마조대에 신물주의 위치를 밝히는 것입니다."

"......"

"그것이 시사하는 바는 잘 아실 듯합니다만… 그렇게 해도 좋겠습니까?"

천마신교에 입교하여 마단을 먹고 역혈지체가 된 모든 마인.

그 마인 중 어젯밤 막 마인이 된 자라 할지라도 요청할 수 있는 절대 정보가 있으니, 그것은 바로 신물주에 관한 정보이다.

신물주의 위치.

신물주의 약점.

신물주의 주력 무공.

천마신교의 마인은 그 모든 것을 요구할 수 있으며 마조대에게는 그 정보를 아는 한도 내에서 어느 마인에게라도 제공해야 하는 의무가 있다.

물론 신물주에게도 역시 비슷한 권한이 있어 교주의 관한 모든 정보를 제공받는다.

이 율법을 전혀 모르는 마인이 많지만, 신물을 노릴 수준의 마인들은 모두 아는 사실. 만약 정보 요청자가 신물주로 표기된다면, 그 순간부터 피월려는 수많은 마인들의 표적이 될 것이다.

피월려가 말했다.

"일대주로 표기하면 되지 않소?"

"그런 경우, 그것은 개인 명령이 되며 따라서 전 그것을 거부할 권한이 있습니다. 그리고 전 거부할 것입니다."

피월려가 눈을 가늘게 떴다.

"목숨을 잃어버리는 것이 두렵지 않소? 지금 이 자리에서 목을 벨 수 있소, 안 대인."

"거짓 정보가 두렵지 않으십니까? 제가 일대주에게 거짓 정보를 준다 하여도 엄밀히 말해서 처벌 대상이 되지 않습니다. 마조대의 율법상 개인 명령으로 정보를 요청할 경우, 알고 있는 최대한도 내에 정보를 제공하라 하였고, 이에 따라 제가 알고 있는 최대한도 내에 정보를 제공하면 되기 때문입니다. 문자 그대로, 최(最). 대(大). 한(限). 도(度). 이것만 지키면 됩니다, 저는."

피월려는 가만히 있다가 곧 그를 노려보며 말했다.

"마공도 익히지 않고, 내 말에 지지 않는 그 배포는 확실히 자랑할 만하오."

"심검마란 별호를 가진 일대주께선 정보의 가치를 아시는 분이기에 드리는 말씀입니다."

"확실히."

"신물주란 이름을 쓴다면 마조대에선 교주와 동급. 그 누구도 거짓 정보를 제공할 수 없습니다. 저를 포함해서 말입니다. 그리고 제게 신물주임을 밝힌 이상, 어차피 그 위치 정보는 곧 보고될 것입니다."

"……"

"그럼 신물주로 표기하겠습니다."

피월려는 하는 수 없이 대답했다.

"좋소."

안 대인은 방 밖으로 나갔고, 이 대화를 찬찬히 지켜보던 구양모가 말했다.

"이제 좀 일대주도 마인으로 보입니다."

"무슨 소리요?"

"그렇잖습니까? 마조대원 같은 문인에게 입씨름으로 밀리는 게 마인의 일상이니. 오히려 친근하게 느껴진다는 뜻입니다."

"……"

구양모는 말없는 피월려를 잠시 보고 있다가 물었다.

"그런 위험을 무릅써야 할 정도로 그 전속대원이 아끼는 사람입니까?"

"교주가 지부에 있는 이상, 어차피 공표해야 할 일이었소. 신물전에 방문해야 하는 시일도 다 되었고. 또한 생명을 걸어야 할 만큼 위험한 정보도 알아내야 하오. 이런저런 이유가 맞물린 것이오."

"그런 것입니까?"

"하여간 몸조심하시오."

피월려가 더 말하고 싶지 않아 하는 것을 눈치챈 구양모는 더 캐묻지 않았다.

구양모 일행이 나가고 텅 빈 방 안에서 피월려는 묘한 패배감에 휩싸여 제대로 운기를 하지 못했다.

*　　　　　*　　　　　*

하루 뒤, 안 대인은 피월려의 답을 들고 왔다.

"주하 대원은 끝내 발견하지 못했다 합니다. 다만 끝이 부러진 두 개의 비도가 팔(八) 자 모양으로 박혀 있는 것을 보면,

피치 못할 사정으로 귀환하지 못했다는 암호를 남긴 것입니다."

"그럼 납치를 당한 것이오?"

"그 가능성이 가장 클 것입니다."

"……."

"명이 더 있으십니까?"

"자희라는 이름을 쓰는 여자가 본 교 내에 있는지 알아봐 주시오."

"자희 말입니까?"

"그렇소. 이를 알아내려다 두 명이나 생명을 잃었다고 하니, 기밀 중에 기밀일 것이오."

안 대인이 미소를 지었다.

"마조대원에게 알아내지 못할 본부 정보는 없습니다. 특히나 신물주의 요청이면, 교주님의 치부까지도 알려 드릴 수 있습니다. 그것이면 됩니까?"

"또한 상옥곡이라고 하는 살마백의 문파가 있소. 언사 북쪽에 있는데, 그 정확한 위치를 찾아주시고, 그 길을 잘 아는 향도 또한 알아봐 주시오."

"언사 북쪽이라면 백도세력이 집중된 무림맹의 근접지입니다. 그곳에선 움직이는 것만으로도 힘드실 것입니다."

그렇기 때문에 마기가 봉해진 지금 그 일을 행하려는 것이다. 지금이 아니면 백도가 득실득실한 그 구역에서 운신할 수 없다.

하지만 피월려는 그 이유를 설명하지 않았다. 신물주로 공표한 이상, 그의 약점을 다른 마인에게 알려줄 필요는 없다. 위험을 자초할 정도로 그는 멍청하지 않았다.

"명 뒤에는 붙는 말은 존명 외엔 받지 않겠소."

안 대인은 즉시 포권을 취했다.

"존명."

그가 방을 나서자, 피월려는 다시 운기조식에 빠져들었다.

그가 보니 여전히 마기는 밖으로 나가지 못했다.

나갈 문이 없어 막혔다고 보기보단, 나가는 즉시 어딘가로 증발해 버리는 느낌.

피월려는 혜능 대사가 걸어놓은 봉마(封魔)에 대한 해법을 찾기 위해, 무아지경에 빠져 오랜 시간을 보냈다.

하지만 이렇다 할 수확은 없었다. 그가 알고 있는 금강부동심법과는 완전히 다른 불공에 뿌리를 두고 있는 것 같았다.

피월려가 눈을 떴을 땐, 안 대인이 놀란 표정으로 그를 보고 있었다.

옷이 달라져 있었다.

"얼마나 지났소?"

담담한 물음에 안 대인이 잠시 말을 떨었다.

"나, 나흘째입니다."

"정보는?"

"여기 있습니다. 한데 괜찮으십니까? 식음을 전폐하여 염려
되었습니다."

"괜찮소. 그것을 주시오."

안 대인이 들고 있던 서찰에는 인봉이 있어, 그 누구도 열어
볼 수 없었다.

그 인봉은 마조대주 사무조 장로의 인봉으로 그와 정보 요
청자 외에 그 누구도 열어볼 수 없는 극비사항을 담는 서찰에
만 있는 것이다.

피월려는 그 인봉을 뜯어 서찰을 보았다.

대천마신교 교주 성음청 본명.

"역시 여성이 익히는 마공을 발전시킨 힘에는 상옥곡의 무
공이 바탕이 되었군. 반미랑이 주하의 암공을 알아본 것이 큰
실마리가 되었어……."

피월려의 중얼거림에도 안 대인은 그 서찰에 담긴 내용을
전혀 알지 못했다.

다만 신물주와 교주의 알력다툼이 시작된 것이라 예상하고
는 제 발이 저린 도둑처럼 먼저 실토했다.

"아마 위험하실 겁니다. 지부에 계신 장로께서 직접 작성하신 것이므로 이 서찰이 이곳에 당도하기까지 걸린 나흘의 시간 동안 이미 신물주가 피 대주인 것이 낙양지부에 흘러들어 갔을 가능성이 큽니다. 그렇다면 신물주의 자리를 노리는 마인이 지부에 있다 가정할 경우……."

피월려가 말을 잘랐다.

"지금쯤 당도하겠지. 향도는 구했소?"

"예. 그 산에서 한때 왕성하게 활동했던 은퇴한 '심마니입니다. 그가 말하길, 언사 북쪽 부근에 외부에 알려지지 않은 여자 무림인들이 사는 구역에 의도치 않게 들어갔다 호되게 당했나 봅니다. 그 뒤, 그 구역엔 얼씬도 하지 않았다는군요. 위치는 정확하게 기억한다고 합니다."

"그에게 안내해 주시오."

"나흘이나 굶으셨는데, 음식을 드시지 않을 겁니까?"

피월려가 자리에서 일어나며 말했다.

"내가 신물주 자리를 노리는 지부의 마인이 지금쯤 당도했을 수도 있다는 말을 하지 않았소?"

"그렇습니다만."

"음식도 하나 편히 못 먹는 신세가 되었으니, 이해해 주시오."

안 대인은 그의 속뜻을 이해하곤 불쾌하다는 표정을 지었다.

"원하시면 제가 손수 먼저 먹어보겠습니다."

피월려는 태극지혈을 검집에 넣고, 소소를 품에 넣었다.

"그러실 필요 없소. 음식에 독이 없거든, 가난한 자들에게 나 나눠주시오. 향도가 어디 있소?"

단호한 거절에 안 대인은 더 권하지 않았다.

"이미 밖에 말과 함께 있습니다."

피월려가 밖으로 나가자, 말 두 마리와 그 말 중 한 말 위에 올라탄 노인이 그를 기다리고 있었다. 피월려의 반도 안 되는 키에 머리와 치아가 다 빠진 것이 적어도 팔십은 넘은 노인인 것 같았다.

피월려가 안 대인에게 마지막으로 포권을 취했다.

"지금까지 고마웠소."

"마조대원으로 당연히 할 일을 한 것입니다. 그럼 몸조리 잘하십시오."

안 대인도 포권을 취했다.

안 대인이 고개를 들자, 피월려와 노인은 이미 말을 타고 저만치 가며 통성명을 하고 있었다.

그 뒷모습을 보는 안 대인의 눈빛이 날카로워졌다.

"괜히 심검마가 아니군……. 뭐, 내 일은 다 했으니."

안 대인은 곧 몸을 돌려 자기 일터로 돌아갔다.

*   *   *

쉴 틈 없이 말을 하는 노인 덕분에 여행길은 좀처럼 지루하지 않았다.

평소 심마니는 산에서 죽어야 한다는 말을 입에 달고 살다가, 거금을 받을 수 있는 좋은 일이 생겨 죽을 자리를 찾아서 마지막 여행을 하는 셈 치고 집에서 나왔다고 했다.

자식들은 모두 혼인하여 출가했고, 첫 번째 아내를 십여 년 전 떠나보내고, 재혼한 두 번째 처도 일 년 전 생을 다해 더 이상 삶의 여한이 없던 것이다.

마지막으로 이번 일을 통해 많은 유산을 남길 수 있게 되서 고맙다고 피월려에게 몇 번이나 말하는 것이, 정말로 모든 것을 내려놓은 노인인 것 같았다.

장노(張老)라고 본인을 밝힌 그 심마니는 워낙 산을 잘 아는 사람이라 말을 타고도 거침없이 지날 수 있는 산길을 잘 알았는데, 그의 말로는 빠르게 움직이기 위해서 직선거리를 찾다 보니 그렇게 되었다고 했다.

그는 편리함을 위해서 그런 위험까지 감수할 정도로 모험을 좋아하는 성격의 남자지만, 칠순이 넘어서 몸이 말을 듣지 않자 더 이상 산을 타지 못했었다.

이후 십 년간 집안에만 있었던 터라 산이 워낙 그리웠나 본지 언제든 죽을 수도 있는 위험천만한 길임에도 표정이 행복에 젖어 있었다.

"나를 노리는 사람이 매우 많소. 그들은 장 어르신만 아는 이런 은밀한 길로 다닌다고 해도 충분히 추격할 수 있는 자들이오."

피월려의 경고에도 장노는 몇 개밖에 남지 않은 앞니를 드러내며 웃었다.

"하늘을 날고 땅을 부수는 무림인에겐 뭐든 쉽겠지요. 하나 반백 년을 산과 함께한 제 경험도 그에 못지않습니다. 이 길은 아무도 모릅니다."

"말을 타고 다닐 수 있는 이 정도의 폭이면 산에선 대로(大路)라 봐도 무방하오. 쉽게 발각되지 않겠소? 발자국도 지우지 않고 있는데……."

실제로 그들이 움직이는 대로 말발굽 형태의 발자국 두 줄이 꼬리처럼 길게 이어져 있었다.

"이 길은 갈림길이 없습니다. 발자국을 남기지 않는다 한들 달라지는 것이 없지요. 그리고 하남성 북쪽 부근에 도달하면 산세가 험해 말을 버리고 나무가 무성한 길 밖으로 나서야 합니다. 그때 말들은 자연스레 쭉 길을 따라 걸을 것이고, 오히려 그 발자국이 추격자를 따돌릴 겁니다."

"자주 이용했던 길인가 보오."

장노가 고개를 끄덕였다.

"사실 제가 홀로 만든 길입니다. 수십 년간 산에 남긴 제 흔적이지요. 십 년이 지나도 있는 것을 보면 사람이나 짐승들이 꽤 이용한 것 같습니다."

"……."

피월려는 장노가 보통 심마니는 아니라는 생각이 들었다.

"장 어르신은 삼을 찾는 일 외에 다른 일을 하셨소?"

장노는 질문을 질문으로 받았다.

"무사님은 칼 휘두르는 일 외에 다른 일을 하셨습니까?"

적어도 반백 년은 나이가 어린 피월려는 일단 먼저 대답해 주었다.

"아비가 엽사였소. 어깨 너머로 배운 것이 있소."

"아, 엽사……. 어쩐지 산을 대하는 자세가 익숙하다 했습니다. 엽사와는 산에서 종종 마주치지요. 평상시에는 서로 돕기도 하지만, 서로 적대하기도 합니다."

"내 질문에도 대답해 주시오."

장노는 또 대답 대신 질문을 던졌다.

"엽사는 종종 같이 다니지만, 심마니는 웬만하면 홀로 다니는 이유를 아십니까?"

"글쎄, 모르겠소."

"동물의 가죽이나 고기는 크기가 커도 가치가 그렇게 높진 않습니다. 하지만 심마니가 찾아다니는 삼들은 그 크기가 작

고 가치가 매우 크지요. 법도 관도 없는 산에서, 영약 하나라
도 찾게 되면 칼부림 나는 건 매번 있는 일입니다."

"……"

"무림인들은 절세고수가 될 수 있는 영약이라면 가족과 친
우라도 죽일 수 있다지요. 심마니도 다를 거 없습니다. 특히
나 저같이 일반 삼이 아닌 영삼(靈蔘)을 찾는 심마니라면 더
욱 그렇지요."

"영삼이라 하면?"

"이 세상의 것이 아닌 삼 말입니다. 무림인들이 말하는 신
물이니 영물이니 하는 것들에 속하는 것이지요. 무림인들에
게도 급이 있듯, 심마니들도 급이 있습니다. 그중 영삼을 찾는
심마니들은 전 중원을 뒤져도 손에 꼽습니다."

피월려는 흥미가 돋았다.

"평생 신물을 많이 찾아봤소?"

"많이 찾았지요……. 자식들 다 장가보내고, 모두 어디 가서
도 떵떵거릴 정도로 살게 만들었으니……. 다들 객잔 하나쯤
은 가지고 있고… 그중 제일 잘된 둘째 놈은 아내가 여섯입니
다, 여섯. 아주 망나니 같은 놈이었는데 어떻게 그런 놈이 성
공을 했는지 모르겠습니다, 하하."

"그것을 찾은 것도 찾은 것이지만, 팔 때까지 지키는 것도
대단하시오. 무공을 모르는 것 같은데, 힘으로 빼앗으려는 자

들을 어떻게 쫓아내었소?"

장노는 땅을 가리켰다.

"이 길이 한몫했습죠. 거의 구 할은 이 길 때문에 살았습니다. 그 외에는 진짜와 가짜를 바꿔친다든지 해서 어떻게든 위기를 넘겼습니다."

피월려는 고개를 몇 번이나 끄덕였다.

"몰라봤는데, 유복한 삶을 사신 것 같소?"

"출신이 출신인지라, 비싼 음식 먹고 비싼 집에 산다 한들 천한 냄새가 어디 가겠습니까? 옷마저 이렇게 입고 있으면 어디 늙은 거지인 줄 압니다, 다들."

"출신이라 함은?"

"어미가 창녀였습니다."

"나도 마찬가지요. 내 경우는 나를 낳고 된 경우지만."

"그렇습니까?"

"그렇소."

장노는 쾌활하게 웃었다.

"무사님도 저만큼이나 바득바득 사셨겠습니다."

"장 어르신만큼 장수할지는 모르겠소."

"하하하."

"돈은 이미 많은데, 어째서 이번 일을 맡게 된 것이오?"

이번에는 미소를 지었는데, 방금 전의 쾌활한 웃음과는 조금 다른 의미를 가진 것 같았다.

"의심이 되신다면야, 제가 풀어드려야지요. 하하하."

"다른 게 아니라, 마지막으로 좋은 유산을 남겨준다고 했던 말과 안 맞는 것 같아 묻는 것이오."

"아닙니다. 노리는 사람이 많으니, 그런 의심을 할 만한 건 당연한 겁니다. 마음 쓰지 마십시오. 에, 대답을 드리면 그 좋은 유산이라는 것이 꼭 돈을 이야기하는 건 아니었습니다."

"그러면?"

"관계(關係)입니다."

"……."

"천마신교는 남쪽에서 알아주는 거대한 문파 아닙니까? 자식들의 사업도 크게 번창해서 슬슬 뒷배를 봐줄 힘이 필요한 시점이었습니다. 어차피 곧 썩을 육신인데, 이 몸 하나 써서 좋은 관계를 만들 수 있다면 괜찮은 거래이지요."

"백도와는 왜 하지 않고?"

"전 백도와 안 했다고 한 적 없습니다. 하하하."

양쪽 모두와 협상의 여지를 두는 것.

이것은 장사꾼의 기본이다.

피월려가 물었다.

"말하는 것이 갑자기 장사꾼처럼 들리오?"

"아비가 장사꾼입니다. 그 왜 아실 겁니다, 천포상단이라고……."

"서자셨소?"

"아비가 귀족치곤 꽤 인정이 많았던 사람이어서 교육은 나름 잘 받았습니다."

"어떻게 심마니를 하게 된 것이오, 그럼?"

"어렸을 적, 형제들이 먹던 영약이 너무나 맛 좋아 보였습니다. 서자인 저까지 먹을 건 없어서, 멀리서 항상 부러워했었습죠. 그러다 든 생각이, 내가 직접 찾으면 되지 않나 해서……. 하하하."

"정말로 그뿐이오?"

"그렇습니다. 그길로 나서서 다시는 본가로 들어가지 않았습니다. 그저 영삼을 찾고 또 찾아서 재산을 모았을 뿐입니다."

"크하하. 대단하시오."

장노와의 대화는 즐거웠다.

장노는 노인답지 않게 고집이 없어 자기 이야기만 하지 않았다.

피월려가 말을 할 때는 그의 이야기를 청종했고, 답을 주려하기보단 그 기분을 공감하려 했다.

피월려 역시도 장노의 이야기를 주의 깊게 들어주고 또한 공감해 주었다.

그렇게 산속에서 보낸 시간이 열흘이 넘어갈 쯤엔, 서로가 서로의 출신에 대해서 모르는 것이 없는 수준까지 되었다.

"다 왔습니다."

절벽 아래로 보이는 시야에는 나무만 가득할 뿐이었다. 그러나 전에 상옥곡의 건물들은 천연적인 진법으로 위에서 그 모습이 드러나지 않는다는 말을 기억한 피월려는 그곳 아래 상옥곡이 있을 것이라 믿었다.

"고맙소. 이렇게 아무 탈 없이 도착할 수 있을지 의문이었는데, 장 어르신의 인도가 내 목숨을 살린 것과 진배없소."

"이젠 헤어지겠군요."

"그렇소."

"그럼 어서 할 일을 하십시오. 깔끔하게 부탁드리겠습니다."

"……."

"어차피 각오한 몸입니다."

피월려는 장노를 빤히 보다가 말했다.

"한 가지 묻겠소."

"왜 함정으로 인도하지 않았냐 하는 것입니까?"

"…맞소."

"무사님이 마음에 들었습니다."

"나를 추적하는 세력이 목숨을 취하려 하지 않겠소?"

"취하겠지요. 그래서 무사님께 깔끔하게 보내달라 요청하는 것 아니겠습니까?"

스릉.

피월려는 태극지혈을 뽑아 들었으나, 이상하게도 팔에 힘을 넣을 수 없었다.

"왜… 마음이 바뀌셨소?"

"무사님을 만나뵈오니, 저들보다 무사님에게 거는 것이 더 좋을 것이라 판단했을 뿐입니다. 장사치의 피가 어디 가겠습니까? 더 가치 있는 것에 무게를 두는 것이지요."

피월려는 잠시 말을 잇지 못하다가 곧 나지막하게 말했다.

"이 일을 잊지 않겠소."

"압니다, 무사님은 이런 걸 잊을 성품이 아니라는 것. 제 자식놈들의 이름과 상황은 열흘 내내 설명했으니 잘 아시리라 믿습니다."

"……."

"그럼 편히 보내주십시오."

망설이던 손이 그림자도 남기지 않을 만큼 빠르게 움직였다.

푹.

턱 아래에서부터 뇌해혈(腦海穴)이 세로로 열리면서 그 속살이 보였다.

이는 신체를 전혀 훼손하지 않으면서 단숨에 목숨을 앗아

갈 수 있는 치명적인 수법이었다.

가죽을 상하게 하지 않으며 동물의 목숨을 취하는 사냥꾼의 수법이 피월려의 무형검을 통해서 무의식적으로 발현된 것이다.

피월려는 피도 새어 나오지 않는 그 시신을 어깨에 들쳐 메고 언덕을 내려갔다.

*   *   *

서서히 고도가 낮아지자, 전에는 전혀 보이지 않았던 상옥곡의 건물들이 나무 틈으로 보이기 시작했다. 인위적인 진법이 아니라는 말을 믿기 어려울 징도로 심히 놀라운 광경이있다.

피월려가 건물 앞에 도착하자, 어디선가 살마백으로 보이는 여인 둘이 빠른 경공을 펼쳐 그에게 다가왔다. 그들은 연검을 허리에서 뽑아 언제라도 출수할 수 있게 위협적인 자세를 취했다.

"보아하니, 낭인인 것 같은데 이곳은 금남 구역이다. 순순히 포박을 받으면 눈을 가리고 인근 마을로 데려다줄 것이니, 목숨은 연명할 수 있을 것이다."

둘 중 젊은 살마백이 교육받은 대로 또박또박 말을 하는

데 집중했다.

때문에 피월려가 등 뒤에 사람을 한 명 짊어지고 있는 것을 보고도 아무런 언급도 하지 못했다.

대신 둘 중 나이 든 살마백이 물었다.

"잠깐, 등 뒤에 들고 있는 사람은 뭐지? 부상을 당했나?"

피월려는 그를 땅에 내려놓으며 말했다.

"죽었소. 장례를 위해 시신을 자식들에게 전해주려 하오만."

나이 든 살마백의 눈에 금세 경계심이 가득해졌다.

"사인은?"

"병마가 아니니 걱정하지 마시오. 검에 당했소."

"피가 보이지 않는데?"

"정 의심스러우시면 이쪽으로 와서 확인하시오."

"시신을 거기 두고 뒤로 물러나라."

피월려는 그 살마백의 말대로 장노의 시신을 내려놓고 뒤로 몇 발자국 물러섰다.

나이 든 살마백은 젊은 살마백에게 그를 끝까지 경계하라고 명한 후, 장노의 시신을 살펴보았다.

"무서운 솜씨…… 이 노인을 해한 사람이 누구지?"

"나요."

그의 말에 젊은 여인은 내공을 일으키며 소리쳤다.

"반박귀진(返撲歸眞)의 고수! 수상한 자입니다!"

나이 든 살마백은 손을 뻗어 그녀를 제지하며 대화를 이어
갔다.

"귀인께 무슨 사정입니까?"

"곡주를 뵙고 싶소."

　그의 말에 이젠 나이 든 살마백의 눈에도 살심이 가득해졌
다.

"이곳이 상옥곡임을 알고 온 것입니까?"

"그렇소. 시끄럽게 하지 않겠소."

"어디의 귀인이십니까?"

"곡주에게 천마신교의 마인이 왔다 말하면 아실 것이오."

　피월려는 그렇게 말하며 태극지혈을 땅에 버렸다.

　그럼에도 여인들은 전혀 경계를 풀지 않았다.

　나이 든 살마백이 물었다.

"전혀 마기가 느껴지지 않습니다. 마교인인 것을 어찌 증명
하실 수 있습니까?"

"곡주께 말씀하시오. 아실 것이오."

"……"

"그 방법 외에는 어차피 말해봤자 믿지 않을 것 아니오?"

　확실히 그렇다.

　나이 든 살마백이 고민 끝에 말했다.

"무명마인께 검이 없어도 저희가 경계를 풀 수 없음을 양해

하시지요."

"어떻게 하면 좋소? 두 팔목을 내 스스로 부러뜨려야겠소?"

"연검으로 몸을 감싸는 것을 허락하시지요."

"좋소."

나이 든 살마백이 눈짓하자 젊은 살마백이 피월려에게 다가가며 검을 한번 튕겼다.

그러자 그녀의 검은 마치 살아 있는 뱀이 똬리를 틀 듯 피월려의 몸을 도합 여섯 번을 감았다.

그리고 그 연검의 끝은 언제라도 물어버릴 것 같이 피월려의 목젖에 멈췄다.

"이제 됐소?"

피월려의 말에 나이 든 살마백이 고개를 끄덕였다.

그녀는 젊은 살마백에게 말했다.

"내게 검을 넘기고 곡주께 확인해 보거라."

"예… 조심하세요."

젊은 살마백은 피월려의 눈치를 몇 번이나 보더니, 곧 검을 넘기고는 경공을 펼쳤다.

짧은 시간 후, 젊은 살마백이 홀로 왔다.

"조용히 그를 안내하라는 명이세요."

"곡주께서 말이냐?"

"예."

"…알겠다. 따라오시지요."

피월려는 나이 든 살마백을 따라 천천히 걸음을 옮겼고, 곧 한 저택 안으로 들어섰다.

어둡고 습한 긴 복도를 지나자 작은 방이 나왔는데, 전에 보았던 본시시가 방 안의 의자에 앉아 있었다.

"낙성혈신마… 아니, 이젠 심검마라 불러야겠군."

젊은 나이에 구파일방 및 오대세가와 척을 진 그의 이름은 이미 전 중원에 퍼진 지 오래.

외딴 상옥곡의 살마백도 그의 이름을 모르는 사람이 없었다.

그를 포박해 여기까지 데려온 두 살마백의 표정에는 놀람이 가득했다.

피월려가 말했다.

"질문에 답을 주러 왔습니다."

본시시는 그를 빤히 보며 그의 뒤에 있던 두 살마백에게 말했다.

"너희는 돌아가도 좋다."

나이 든 살마백이 말했다.

"하나 이자는 마공을 익힌 반박귀진의 고수입니다. 어느 경지일지는 미지수. 곡주라 하실지라도……."

본시시는 큰 소리로 그녀의 말을 막았다.

"돌아가라 하지 않았느냐! 가서 곧 있을 연회나 준비하거
라."

"예?"

"연회 말이다."

"아, 예."

그 외침이 사그라지기 무섭게 피월려의 몸을 감고 있던 연
검이 떨어져 나갔다.

두 살마백은 본시시에게 고개를 까딱하더니 곧 방문을 나
섰다.

문이 닫히고 피월려와 곡주가 한 방에 있게 되자, 피월려가
말했다.

"어차피 포박을 풀었으니, 조금 더 인심 쓰시오."

본시시가 말했다.

"마기가 느껴지지 않는 걸 보니 무공을 잃었거나, 아니면 정
말로 반박귀진의 경지에 이른 것 같은데…… 이 세상에서 성
취가 눈에 가장 잘 드러나는 공부로 반박귀진의 경지에 이르
렀다면 그것이 무엇인지 본녀는 상상도 할 수 없소. 그런 심검
마에게 검까지 허락할 수는 없소."

"태극지혈은 아무나 함부로 다룰 수 있는 것이 아니니, 이
곳에서 떠날 때에는 속히 내주어야 할 것이오."

본시시는 단도직입적으로 말했다.

"심검마는 본 곡의 사정을 잘 아시니 이곳에 오래 있을 수 없는 것을 잘 이해해 주리라 믿소. 말해주시오. 내 딸 아이는 살아 있소?"

피월려는 고개를 끄덕였다.

"살아 있소."

"그렇군."

의외로 담담한 목소리.

그러나 피월려는 본시시가 극도로 기쁜 감정을 숨기고 최대한 태연한 척을 한다는 것을 용안심공을 통해 깨달을 수 있었다.

피월려가 말했다.

"뿐만 아니라 더 많은 것을 알고 있소."

본시시의 눈이 순간 빛났다.

"무엇이오?"

"하지만 계산부터 확실히 합시다. 내가 이름을 알려주는 대가로 무언가 요구하기로 했었는데, 기억나시오?"

본시시의 양쪽 입술 끝이 내려갔다.

"생명을 구해줬더니, 보따리까지 내놓으라는 후안무치를 잊을 리가."

"……"

"무엇을 요구할 것이오?"

"정보를 주었으니, 나도 정보를 받겠소."

"무슨 정보?"

피월려가 날카롭게 말했다.

"천음지체에 관해 아는 것을 모두 알려주시오."

"가, 갑자기 무슨 소리요? 천음지체?"

피월려는 본시시가 순간 말을 더듬는 것을 놓치지 않았다.

그는 여유롭게 팔짱을 끼고 설명을 시작했다.

"내가 익힌 극양혈마공에 대해선 곡주도 이미 알 것이오. 천음지체의 음기가 아니면 진정되지 않는 희대의 양강지공! 이를 통해서 평생 한 번 만나기도 어려운 천음지체의 여인들을 여럿 만났소. 모두 귀한 집 자식들로, 낙양제일미, 황궁제일미, 북경제일미 등등 한 미모 하는 사람들이오."

본시시가 차갑게 얼굴을 굳혔다.

"미인과 인연이 닿은 것을 자랑하고 싶거든 술집에서 친우에게나 하시오, 심검마."

피월려는 그녀의 말을 무시하고 말을 이었다.

"이들은 나이가 참에 따라 양기가 매우 부족하게 되는데, 황궁제일미는 황궁의 의술로, 명봉은 기문둔갑으로 생을 연명했고, 북경제일미는 이 상옥곡의 무공으로 연명했소. 연한신공(憐恨神功)으로 알고 있는데 맞소?"

"그것은 우연히 천음지체의 몸에 맞는 것뿐이오. 심검마는 왜 나에게 천음지체에 대해서 묻는 것이오?"

"문제는 낙양제일미의 어머니인 반미랑이 살마백의 무공을 썼다는 점이오. 상당한 무위를 갖춘 것으로 보면 단순히 익힌 것이 아니라 상옥곡에서 배출한 살마백임이 틀림없소."

"……"

입을 다물어 버린 본시시를 본 피월려는 희열 비슷한 것을 느꼈다.

그는 말을 더 이어갔다.

"또한 이들의 나이를 생각해 보면, 또 다른 공통점을 찾을 수 있소. 모두 이십 안팎이라는 점이오. 내 알기론 곡주께서 자녀를 찾기 시작한 것도 이십여 년 전부터로 알고 있는데, 맞소?"

"……"

"이 세상이 미녀들을 후리고 다니는 후기지수를 그린 삼류소설의 무대도 아닐 테고……."

"……"

"선녀들이 벌을 받아 한 번에 현세로 환생한 것도 아닐 테고……."

"……"

"내 이 작은 머리로는 이 작위적이기 그지없는 천음지체들의 등장을 이해할 수가 없는데 곡주께선 혹 아시는 것이 있는가 해서 말이오."

"그래서 질문이 무엇이오, 심검마?"

피월려는 씨익 웃었다.

"혹 이 일이 상옥곡에서 꾸민 짓이오?"

본시시는 숨을 천천히 내쉬며 눈을 감았다.

그렇게 오랜 침묵이 흘렀다.

의자에 앉을까 말까 수십 번이나 고민하던 피월려가 의자에 앉으려고 마음을 먹은 순간, 결코 떨어지지 않을 것 같던 본시시의 입술이 떨어졌다.

"마공으로 이룩한 반박귀진이 얼마나 지고한 경지인지 모르겠지만, 검도 없이 본녀를 충분히 상대할 수 있다고 확신하는 것을 보면 심검마의 무위가 본녀의 것을 뛰어넘는다는 것에 의심할 여지가 없겠군."

피월려는 의외로 일이 잘 돌아간다는 것을 느꼈고 그것이 어색했다.

참으로 익숙하지 않았기 때문이다.

원래부터 서로 악의는 없었기에 진짜 싸우게 될 가능성이 극도로 적은 이상, 허세만큼 좋은 건 없었다. 그는 거만한 말투로 말했다.

"내겐 검이 없으니, 나도 승산을 장담할 순 없소. 무위로 곡주를 압박할 생각은 없으니, 그런 말은 마시오. 다만 내가 전에 말한 그대로, 정보를 대가로 바라는 것뿐이오."

본시시는 지금까지 그랬던 것처럼 차가운 목소리로 일관했다.

"그 일은 본 곡에서 꾸민 일이 맞소, 심검마."

"과연… 사정을 설명해 주시겠소?"

본시시가 말을 이었다.

"오십여 년 전 희대의 마인이 있었소. 여인을 강간하기를 밥 먹듯이 하는 마인이었지. 그에게 당한 여인이 수백이 넘어, 그 당시 상옥곡의 소식을 듣고 찾아온 여인들이 갑자기 많아졌소. 그들은 모두 한 남자에게 당한 터라, 다른 상옥들과는 다른 깊은 유대감이 있었고 또 한(恨) 또한 배가 되었소. 본래 상옥들도 속에 아픔과 앙금을 지니고 있었지만, 그것과 비교도 할 수 없을 만큼 일그러진 것이 그들 사이에 자리 잡았소. 그리고 그 결과 하나의 괴물 같은 내공이 탄생했소."

본시시는 생각도 하기 싫은 듯, 몸을 한 차례 떨었다.

피월려가 조심스레 물었다.

"그것이 무엇이오?"

"연한귀공(憐恨鬼功)."

"연한귀공?"

"사람의 선천지기가 얼마나 강력한지는 심검마도 잘 알 것이오. 이는 모태에서부터 생성되는 것으로 아무리 자질이 떨어지는 범인이라 할지라도 반드시 가지고 태어나는 공평한 선물이오."

"갑자기 선천지기는 왜……."

"연한귀공은 자궁에 자리 잡은 태아가 지닌 선천지기를 임부(妊婦)의 내력으로 환원하는 마공. 그 태아가 지닌 젊음을 모조리 빨아먹어 초절정고수로 거듭나는 마공이오. 그 태아가 가진 자질이 뛰어나면 뛰어날수록… 그 어미는 더욱 강력한 내력을 지니게 되오. 그렇게 어미에게 이용당한 태아는 선천지기를 모두 빨린 채, 환갑을 넘은 노인의 모습으로 세상에 나오지."

"……."

피월려는 그 충격적인 이야기에 말을 잇지 못했다. 이 세상의 어두운 면을 많이 보았다고 생각한 피월려도 연한귀공의 진실 앞에선 할 수 있는 말을 찾을 수 없을 정도로 그것은 너무나 사악한 마공이었다.

본시시가 말을 이었다.

"삼십 년의 연구 끝에… 즉, 지금으로부터 이십 년 전 연한귀공이 완성되었소. 수많은 시행착오 끝에 빙정을 이용한 방법으로 완전하게 된 연한귀공은 그 누가 익히든 간에 초절정뿐만 아니라 그 이상까지도 노려볼 수 있는 막대한 내력을 선사하는 최고의 마공이 되었소."

피월려는 고개를 흔들었다.

"어불성설이오. 그것을 익히는 것만으로도 초절정급 고수를 배출할 수 있단 말이오?"

"실제로 전대 곡주는 이를 기반으로 중원을 정복하고자 하는 생각을 했고 이에 실행에 옮겼소. 말했다시피 태아의 자질에 따라 얻을 수 있는 내력이 증폭되기 때문에 자질이 뛰어난 자들의 씨앗을 얻는 것이 중요해졌소. 그래서 전대 곡주는 아름다운 상옥들을 선발하여 중원의 유명 문파에 하나씩 파견하여 미인계를 명했소. 몇몇은 실패했고, 몇몇은 성공했소. 그렇게 각 문파는 모두 상옥곡의 손아귀에 들어가는 듯했소. 하지만, 전대 곡주도 간과한 것이 있소."

"그것이 무엇이오?"

"모정(母情)."

"……."

"남자에게 상처 입은 상옥들조차도 자기 배 속의 아이에 기생할 순 없었던 것이오. 그것 때문에 전대곡주의 꿈은 물거품이 되었소."

피월려는 갑자기 떠오른 어머니 생각에 감정이 나약해지는 것 같아 빠르게 머릿속에서 지워냈다.

"그렇겠지."

"임부가 태아의 선천지기를 내력으로 환원하지 않을 경우,

연한귀공에 녹아든 빙정의 음기는 여아(女兒)를 통해 배출되게 되어 있소. 태아가 남아일 경우엔 영향이 없고, 여아일 경우에만 천음지체로 태어나며, 어미의 몸에서 주입된 빙정의 기운을 가져가 어미는 다시 연한귀공을 익힐 수 없지. 심검마가 말한 그 천음지체들은 그런 경로로 이 세상에 태어나게 된 것이오. 전대 곡주의 명령을 어기고 아이를 낳은 상옥들의 자녀들이지."

"그럼 연한신공은?"

"내가 연한귀공을 연구하여, 빙정의 음기로 인해 천음지체로 태어난 류서하를 위해 변형한 것이오. 또한 연한귀공을 포기한 상옥들에게도 잘 맞는 내공이었지. 류서하의 어미의 딱한 그 부탁을 어찌 내가 거절할 수 있었겠소."

피월려는 손으로 턱을 쓸었다.

"이러면 반미랑의 행동이 더욱 이해가 안 가는군."

본시시는 반미랑의 이름을 즉시 기억했다.

"설린의 어미 말이오?"

"류서하의 경우를 생각하면, 반미랑은 자기 딸을 살릴 수 있었음에도 왜 늦게까지 이곳에 보내지 않은 것이오?"

오히려 본시시가 더 이상하다는 듯 피월려에게 되물었다.

"그야 심검마 본인께서 더 잘 아시지 않소?"

"내가 말이오?"

본시시가 말을 이었다.

"가장 가까이 있었으니, 그 아이가 가진 순수한 악심(惡心)을 보지 못했을 리가 없을 텐데."

"그야 천음지체로 태어나 그런 것 아니오?"

"천음지체라고 악심을 타고나는 것은 아니오."

"그건……."

피월려는 순간 말문이 막혔다.

그는 자연스럽게 진설린이 가진 악심이 천음지체라는 저주 때문에 생긴 것이라 생각하고 있었기 때문이다.

지금까지 그저 방 안에 갇혀 지내면서 생긴 후천적인 광기라 치부했을 뿐이다.

하지만 그것도 말이 안 되는 것이, 제갈미만 하더라도 천음지체로 인해 엄청난 고통을 겪었음에도 진설린이 가졌던 그런 악심은 없었다.

만약 그 악심이 선천적인 것이라면……. 과연 천살성과 다른 것인가?

본시시가 말했다.

"아이를 낳은 후, 반미랑은 그 아이를 자기 손으로 죽일 수도 없었지만, 살려둘 수도 없었소. 모정으로도 덮어줄 수 없을 만큼 설린이의 악심은 끝이 없지. 살렸다간 그녀로 인해 수많은 사람이 불행해질 것이 자명하오. 결국 아이의 고통을 보다 못해 이곳에 데려왔으나, 이미 늦었지. 아니, 이미 늦었다는 걸 확신하고 나서야 데려왔을 것이오. 심검마가 이를 보지 못한 것은 참으로 의외로군."

"……"

말 그대로 보지 못했다.

너무나 당연한 것을.

왜?

왜 보지 못했는가?

피월려는 이미 정리되었던 마음 밭이 또 한차례 울렁이는 것을 느꼈다.

그는 토악질을 참아내듯 침을 삼켰다.

"그 정도요, 낙양제일미의 악심이?"

"모르시오? 직접 죽인 사람은 없지만 그보다 더한 꼴로 만든 남자가 수십이 넘소."

있다.

본인의 아버지.

"……"

본시시는 피월려의 마음을 꿰뚫어 봤다.

"감정이 있으시군."

피월려는 고개를 흔들며 사색에서 벗어났다.

"그 이야기는 그만하면 되었소. 다만 한 가지만 더 묻겠소."

조금은 따뜻해졌던 본시시의 표정이 갑자기 차갑게 돌변했다.

"희아에 대해서 말하시오. 내가 답을 했으니, 그것이 먼저이오."

피월려가 말했다.

"한 가지만 묻는다고 하지는 않았소. 이번이 마지막이니 이것만 답해주면, 나도 자희라는 여인에 관해 중요한 사실을 아는 대로 모두 말해주겠소."

본시시는 불만이 가득한 눈빛을 했지만, 하는 수 없다는 듯 숨을 내쉬었다.

"본녀가 본 곡 안에서 강자지존 아래 굴복할 줄은 몰랐소."

"다시 말하지만, 내 질문에 답을 준다면 니는 여기서 무위를 드러내지 않을 것이오."

"물으시오."

피월려는 잠시 뜸을 들이곤 용안심공을 극한으로 운용하며 질문을 던졌다.

"청룡궁의 위치가 어디이오?"

떨리는 눈주름.

흔들리는 왼쪽 어깨.

내쉬는 숨.

피월려는 확신했다.

본시시는 청룡궁을 알고 있다!

그녀가 말했다.

"모르오."

"정말이오?"

"심검마에겐 거짓이 소용없다 들었으니, 심공으로 확인해 보시오."

피월려는 용안심공을 거두었다.

"그 말은 진실이나 청룡궁을 알고 있는 건 확실히군."

오히려 역으로 궁금해진 본시시가 말했다.

"내가 청룡궁을 알고 있다는 것을 어떻게 알게 된 것이오?"

피월려는 어깨를 들썩였다.

"최근 들어서 들은 몇 가지 사실이 있소. 그중 하나가 사방신과 신물에 관련 된 것인데, 기묘하게도 역혈지체니, 천음지체니, 용아지체니 하는 것들과 연관이 있는 것 같아서 말이오. 빙정과 관련된 것이 천음지체라면 이를 이용했던 상옥곡도 사방신과 관련이 없지는 않을 것이란 생각이 들었소."

"떠봤군."

"빙정을 이용하여 연한귀공을 창시했다고 들었는데, 빙정은 북해빙궁의 것이 아니요? 어떻게 된 것이오?"

"본 곡의 무공이 음의 특색을 띠는 것이 북해빙궁의 영향인 것만 알지, 북해빙궁의 사정은 본녀도 모르오. 또한 사방신도 모르고. 다만 아는 건 과거 북해빙궁에서 청룡궁이라는 신비 문파와 교류가 있었다는 점뿐이오."

본시시의 말에는 조금의 거짓도 없는 듯했다.

피월려가 말했다.

"이렇게 된 이상 빙정이 만들어지는 북해빙궁을 가지 않고 는 진실을 알 수가 없겠군. 교주도 빙정을 필요로 했던 것 같 은데……. 뭐, 아쉽게 되었소."

하나 수확이 없는 것은 아니다.

아니, 많다고 해도 과언이 아니었다.

피월려는 이 정도면 도박할 만했다고 자축하며 만족했다.

본시시가 물었다.

"물을 것은 다 물었소?"

피월려가 고개를 끄덕였다.

"그렇소."

"그럼 희아에 관한 정보를 더 알려주시오."

피월려는 뜸들이지 않고 말했다.

"그녀는 지금 대천마신교의 지존이신 혈수마제 성음청 교주 시오."

"뭐, 뭐라 하셨소?"

본시시는 도저히 믿을 수 없다는 눈으로 피월려를 보았고, 피월려는 또박또박 한 번 더 말했다.

"혈수마제의 본명이 자희이오."

"……"

"동명이인일 가능성은 없다 봐도 무방하오. 아마 곡주께 부탁받은 마인들에게 소식이 없는 이유는 바로 교주께서 자기 신상이 드러나는 것을 꺼렸기 때문일 것이오. 듣자 하니, 그녀도 이십 년 전 상옥곡에서 파견된 연한귀공의 소유자가 아닌가 하오만, 맞소?"

본시시는 말을 잊지 못하고 있다가 곧 허무하다는 듯 중얼거렸다.

"교주가 되었다면… 필히 연한귀공을 대성한 것이겠지…….내 딸이 패륜(悖倫)을 저지르다니……. 내가… 무슨 짓을……."

본시시는 충격에서 헤어 나오지 못하고 한동안 격한 숨을 쉬었다.

피월려는 성격대로라면 일이 끝난 이상, 그녀를 두고 밖으로 나왔겠지만 혹시라도 그녀를 자극해 허세가 탄로 날 걸 대비하여 가만히 기다려 주었다.

아무리 그래도 본시시는 노련한 강호인.

마음을 다잡는 데는 반 각도 채 걸리지 않았다.

그녀가 말했다.

"어쩐지 본 곡을 공격하려던 태원이가를 너무나 적절한 시기에 귀 교에서 멸문시켜 준 것에 대해 의문이었소. 희아가 본 곡을 잊지 않았구려."

순간 피월려는 의문이 들었다. 낙양지부의 마인을 주도하여 태원이가를 멸문시킨 것은 교주가 아니라 천서휘이기 때문이다.

그런데 한번 의문이 드니 계속해서 의문이 꼬리를 물었다.

천서휘가 태원이가를 멸문시킨 이유나 시기가 참으로 묘하다.

아니, 애초에 낙양지부의 무력만으로 오대세가인 태원이가를 멸문시킬 수 있다는 말인가?

또한 천서휘가 꼭 그렇게까지 해야 했을까?

피월려는 궁금증을 뒤로한 채 본시시에게 마지막 인사를 하며 말했다.

"서로 좋은 것을 알게 되어 다행이오. 그럼 나는 이만 가보겠소."

"잠깐."

"……."

본시시의 외침에 피월려는 발걸음을 멈췄다.

그의 뒤에서 본시시가 말을 이었다.

"심검마는 이곳을 떠날 수 없소."

"정녕 피를 볼 것이오? 내가 마공을 일으키면……."

본시시가 말을 뺏었다.

"입신에 올랐다는 건 이미 눈치챘소."

"한데?"

"그렇기에 이렇게 시간을 끈 것이오. 입신의 고수도 빠져나
갈 수 없는 덫을 만들기 위해서 말이오."

"……."

피월려가 서서히 뒤를 돌아보자, 그곳에는 긴장한 기색이
역력한 본시시가 그를 불안한 눈빛으로 보고 있었다.

그녀가 말했다.

"본 곡의 모든 상옥이 동원된 만큼, 입신에 오른 심검마도
쉽게 살아나갈 수 없을 것이오!"

"……."

"본 곡의 저력을 보여주겠소, 심검마."

피월려는 최대한 감정을 죽이며 차분히 물었다.

"귀 곡에서 나를 죽여 얻는 것이 무엇이오? 곡주의 딸이 천
마신교의 교주인 만큼 내가 상옥곡의 비밀에 대해서 아는 것
은 어차피 본 교에서도 아는 사실일 것이오. 기밀 유지를 위
해서 이러시는 것이라면 의미가 없소."

본시시가 단호한 목소리로 외쳤다.

"나를 너무 과소평가하시는구려, 심검마! 그랬다면 희아의
본명을 알아내려고 했던 자들이 생사불명이 됐을 리 없소. 이

는 심검마가 말씀하신 대로 희아가 의도적으로 자기의 출신을 숨기고 있다는 뜻이고, 또한 이 말은 강자지존의 율법 아래 있는 귀 교의 상황에서 희아의 본신내력이 알려지는 것을 꺼린다는 뜻이오. 심검마가 그 점을 깨달은 지금 시점에는 희아의 앞길에 방해가 될망정 도움이 될 리는 없을 터. 어미 된 입장에서 심검마를 희아에게 보낼 순 없음이오."

"그런 개인적인 이유로 상옥곡 전체를 위험에 빠뜨린다면 과연 상옥들이 곡주의 명령에 따를지 의문이오만."

"자희는 엄연히 상옥! 본 곡을 잊지 않은 그 아이는 상옥의 거대한 재산이오. 태원이가를 멸문시킴으로써 그 아이는 이를 증명했소. 즉 그 아이에게 해가 가는 것은 내 개인적인 아픔을 넘어서 상옥 전체의 손해이오. 천마신교의 교주의 위치에 있다면 더더욱! 냉정하게 생각해도 상옥 전체를 걸 만한 도박이오."

"정녕 입산의 무공을 경험하여야겠소?"

"광오함은 독이오, 심검마. 이 넓은 중원에 과연 입신에 오른 자가 검선 외에 심검마뿐이겠소? 다만 오르고 나서 빛을 보기도 전에 사라지고 없어진 것이지…… 이 이치를 모르는 것을 보면, 심계가 깊은 심검마의 심공도 부족한 경험을 완벽히 메울 순 없는 것 같소. 입신에 오른 심검마의 검이 궁금하니, 어서 출수해 보시오."

"……"

피월려에겐 출수할 검도 없다.

그의 등 뒤에선 땀이 삐질 흘렀다.

『천마신교 낙양지부』 18권에 계속…

초대형 24시 만화방

신간 100%, 샤워실, 흡연실, 수면실(침대석), 커플석, 세탁기 완비

■ 광명 광명사거리역점 ■

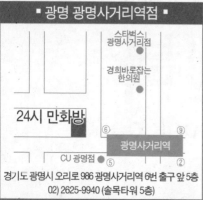

경기도 광명시 오리로 986 광명사거리역 6번 출구 앞 5층
02) 2625-9940 (솔목타워 5층)

■ 강북 노원역점 ■

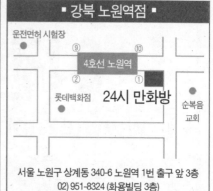

서울 노원구 상계동 340-6 노원역 1번 출구 앞 3층
02) 951-8324 (화용빌딩 3층)

■ 일산 정발산역점 ■

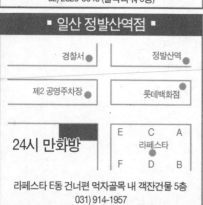

라페스타 E동 건너편 먹자골목 내 객잔건물 5층
031) 914-1957

■ 일산 화정역점 ■

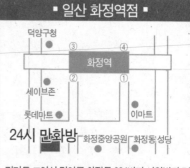

경기도 고양시 덕양구 화정동 984번지 서일빌딩 7층
031) 979-4874 (서일사우나 건물 7층)

■ 부천 역곡역점 ■

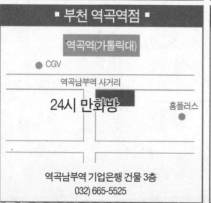

역곡남부역 기업은행 건물 3층
032) 665-5525

■ 부평역점 ■

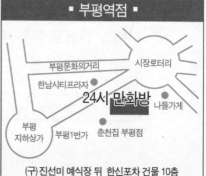

(구) 진선미 예식장 뒤 한신포차 건물 10층
032) 522-2871

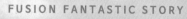

FUSION FANTASTIC STORY

설경구 장편소설

저니맨
김태식

한 팀에서 오래 머물지 못하고
이 팀, 저 팀을 옮겨 다니는
저니맨(Journey man)의 대명사, 김태식!
등 떠밀리듯 팀을 옮기기도 수차례.

"이게… 나라고?"

기적과 함께 그의 인생에 찾아온 두 번째 기회!

"이제부터 내가 뛸 팀은 내 의지로 선택한다!"

더 이상의 후회는 없다!
야구 역사를 바꿔놓을
그의 새로운 야구 인생이 펼쳐진다!

Book Publishing CHUNGEORAM

유령이 아닌 자유추구~
WWW.chungeoram.com

FUSION FANTASTIC STORY **류승현** 장편소설

리턴마스터

2041년, 인류는 귀환자에 의해 멸망했다.

최후의 인류 저항군인 문주한.
그는 인류를 구하고 모든 것을 다시 되돌리기 위하여
회귀의 반지를 이용해 20년 전으로 돌아갔다. 하지만……

"어째서 다른 인간의 몸으로 돌아온 거지?"

그가 회귀한 곳은 20년 전의 자신도, 지구도 아니었다!

다른 이의 몸으로 판타지 차원에
떨어져 버린 문주한.
그는 과연 인류를 구원할 수 있을 것인가!

Book Publishing CHUNGEORAM

한의 韓醫 스페셜리스트

가프 장편소설

FUSION FANTASTIC STORY

돌팔이 소리만 듣던 한의사 윤도.

달라지고 싶은 마음에 찾아간 중국 명의순례에서
버스 추락 사고에 휘말리고 마는데…….

구사일생으로 살아 돌아온 지 30일.
전에 없던 스페셜한 능력들이 생겼다?

초짜 한의사에서 화타, 편작 뺨치는 신의로!
세상의 모든 질병과 인술 구현에 도전한다!